V35

MANESSE BIBLIOTHEK DER WELTLITERATUR

LA FONTAINE · HUNDERT FABELN

LA FONTAINE
HUNDERT FABELN

Übertragen von
Hannelise Hinderberger und N. O. Scarpi
Nachwort von Theophil Spoerri
Hundert Illustrationen
von Gustave Doré

MANESSE VERLAG

ISBN 3–7175–1238–2 (Leinen)
ISBN 3–7175–1239–0 (Leder)

ALLE RECHTE VORBEHALTEN · DRUCK: CONZETT & HUBER
COPYRIGHT © 1965 BY MANESSE VERLAG, CONZETT & HUBER
ZÜRICH · IMPRIMÉ EN SUISSE · PRINTED IN SWITZERLAND

HUNDERT FABELN

DER REIHER

Die Beine lang und lang der Hals und lang
                                        der Schnabel,
so ging, ich weiß nicht wo, der Reiher in
und kam an des Baches Rand.   [der Fabel
Das Wasser war so klar wie an den schönsten
                                        Tagen,
der Karpfen tummelt' sich darin mit viel Behagen
und in dem Hecht den Gefährten er fand.
Der Reiher merkt' wohl gleich den billigen Profit,
die Fische waren nah, er braucht' sie nur zu
                                        nehmen,
Allein er wollte sich erst bequemen,
sobald gewachsen sein Appetit.
Er lebte sehr genau und aß zu fester Stunde.
Ein wenig später stellt' der Appetit sich ein,

doch im Wasser sieht er jetzt allein
die Schleien, die sich keck aufschwingen aus
dem Grunde.
Die Speise lockt ihn nicht, nach Besserem er
trachtet
als solches Zeug, das er verachtet,
wie die Hausmaus in des Horaz Geschichte.
«Mir Schleien?» klappert er. «Sind das etwa
Gerichte
für eines Reihers Rang? Wofür denn hält man
mich?»
Die Schleie wird verschmäht, ein Gründling
nähert sich.
«Ein Gründling? Unerhört! Jupiter soll's verhüten!
Da bleibt mein Schnabel zu, das lass' ich mir nicht
bieten!»
Der Schnabel öffnet' sich für viel gering're Speisen,
denn keinen Fisch gab's mehr zu schmecken.
Der Hunger packte ihn, er mußt' sich glücklich
preisen,
als ihm begegneten ein paar Schnecken.

Wir dürfen nicht gar zu heikel sein,
wer sich zu fügen weiß, der bringt es weit allein.
Wer viel gewinnen will, wird viel verloren sehn,
drum hütet euch, etwas zu verschmähn!

DIE OHREN DES HASEN

Es hatte einst ein Tier verwundet mit dem Horn
den Löwen, welcher voller Zorn
– daß keinen Schmerz er mehr riskier' –
verbannte aus des Reichs Revier
ein jedes Tier, das an der Stirne Hörner trug.
Die Ziegen, Widder, Stiere wechselten den Ort,
Damwild und Hirsche zogen fort,
sie alle flohn mit Recht und Fug. –
Ein Hase aber sah den Schatten seiner Ohren
und fürchtete, ein Tribunal
säh' Hörner statt der Ohren, weil sie lang und
                                  schmal,
und gäbe vor, er hab' sich ein Geweih erkoren.
«Lebt wohl, Nachbarin Grille!» sprach er. «Ich
                                  verreise.

Als Hörner könnt' man meine Ohren beispielsweise
ansehn; und wären kürzer sie als die beim
                          Strauß –
ich fürchtete mich doch!» Die Grille sprach
                          gekränkt:
«Wie! Hörner? Meint Ihr, ich sei blöd, der Daus!
Bloß Ohren hat Euch Gott geschenkt!»
«Man hält's für Hörner!» sprach verworr'n
vor blinder Furcht der Has. «Für eines Einhorns
                          Horn.
Was hülf' mein Einwand mir? Mein Wort wär'
                          gar nichts wert
und würde für verrückt erklärt.»

DER HIRTE UND SEINE HERDE

Wie! immer wieder fehlt mir eines
 aus meiner töricht dummen Schar!
Stets frißt der Wolf mir auf ein Kleines!
Was nützt's, zu zählen sie? Es waren mehr fürwahr
als tausend; und doch ist der arme Robin tot!
Das Schaf, das durch die Stadt sogar
mir nachging für ein bißchen Brot,
und das gefolgt mir wär' selbst bis ans End der Welt!
Ach! wie es lauschte auf den Dudelsack im Nu.
Es hörte mich auf tausend Schritte stets im Feld.
Ach, Schäfchen, armer Robin, du!»
Als Guillot war zu End mit seiner Totenklage,
und als er Robin so verwandelt hatt' in Sage,
rief er herbei der Herde Stamm,
die Böcke und die Schafe, bis zum kleinsten Lamm,

beschwor sie, standhaft stets zu bleiben,
nur das allein wär' gut, die Wölfe fernzuhalten.
Und sie versprachen es beim Ehrenwort dem Alten:
es würde niemand sie vertreiben.
«Wir wollen», sprachen sie, «ersticken unverhohlen
den, der den Robin uns gestohlen!»
Ein jedes schwur's bei seinem Haupt.
Guillot hat's ihnen froh geglaubt.
Jedoch, noch eh es Nacht geworden,
sich neue Ding' ereignet hatten.
Ein Wolf erschien. Die Herde floh in Horden.
Es war gar nicht der Wolf. Es war nichts als sein
                                     Schatten.

Spricht man auch *zu* dem schlechten Heer –
es wird zu wehren sich, geloben.
Doch naht sich die Gefahr, so ist sein Mut
                                     zerstoben.
Kein Beispiel und kein Ruf hält es zurück euch
                                     mehr.

DIE KATZE UND DIE RATTE

Vier ganz verschiedne Tiere: die gefräßige
                              Katze,
die traurige Eule und die Ratte, nage-gierig,
Frau Wiesel auch, mit langem Latze,
sie wohnten – ruchlos und recht schwierig –
in morschem altem Fichtenstamm am selben Platze.
Drum nahm sich eines Abends dort ein Mensch
                              die Müh
und spannte Netze rings. Die Katz geht morgens
hinaus, um Beute sich zu fah'n.   [früh
Die letzten Schatten aber hindern sie daran,
das Netz zu sehn. Sie fängt sich drin; erhebt
                              Geschrei.
Der Tod scheint ihr gewiß. Die Ratte eilt herbei.
Die Katze grämt sich sehr; die andre freut sich dran,

ins Netz verstrickt zu sehn die Todesfeindin schon.
Die arme Katze spricht: «Davon,
wie huldvoll du zur Hilf bereit,
o Freundin, spricht ein jeder willig.
Befrei mich aus dem Netz, in das Unwissenheit
mich fallen ließ. 's ist recht und billig,
weil dich als einzige von den Deinen ich ersehen!
Da ich dich liebe, schonte ich dich nach Gebühr.
Doch reut's mich nicht; den Göttern sag' ich
Ich wollte eben beten gehen,   [Dank dafür!
wie's jede fromme Katze morgens pflegt zu tun.
Das Netz hält mich zurück. Dein ist mein
                                    Leben nun.
Komm, lös die Knoten!» – «Was hältst du als
entgegnete die Ratte ihr.   [Lohn bereit?»
«Ich schwöre», sprach die Katz, «zur Zeit
zu schließen einen Bund mit dir.
Verfüge über mich und leb in Sicherheit.
Ich will dich schützen und mich immer für dich
                                    wehren.
Das Wiesel will ich gleich verzehren.
Den Eulenmann reiß' ich in Stücke.
Sie sind dir gram!» – «Dummkopf!» sprach da die
                                    Ratte schlicht.
«Ich sollte dich befrei'n? So töricht bin ich nicht!»
Dann zieht sie schleunigst sich zurücke.
Das Wiesel saß vor seinem Hort.
Die Ratte klettert höher. Sieht die Eule dort.
Gefahr von allen Seiten. Nur wer wagt, gewinnt.

Drum kehrt das Nagetier zur Katz zurück
                              geschwind,
beißt eine Masche auf, noch eine, dann so viel,
daß es die Heuchlerin befreit.
Da plötzlich tritt der Mensch ins Spiel.
Die neu Verbündeten entfliehen rasch zu zweit.

Nach einiger Zeit sah unsre Katze aus der Ferne
die Ratte, wachsam und auf ihrer Hut im Nu.
«Ach, Schwester!» sprach sie. «Komm und küß mich.
                              Gar nicht gerne
seh' Vorurteil ich. Noch siehst du
in mir die Feindin, bist voll Haß.
Denkst du – ich hätt' vergessen, daß
ich dir – nach Gott – mein Leben dank?» –
«Meinst du denn», sprach die Ratte, «ich hätt'
                              frei und frank
vergessen, welches deine Art?
Zwang ein Vertrag je eine Katz zu Dankbarkeit?
Vertraut man einem Bund zu zweit,
der einem aufgezwungen ward?»

DIE GEIER UND DIE TAUBEN

Versetzt hat einst in Aufruhr Mars die Luft.
Ein Streit riß unter Vögeln eine Kluft
auf. Nicht bei jenen, die der Frühling sacht
zu Hof führt, und die unterm Blätterwerke,
kraft ihres Beispiels und des Sanges Stärke
bewirken, daß die Venus neu erwacht.
Auch nicht bei jenen, die zur Liebesfeier
sie vor den Wagen spannt. – Das Volk der Geier,
mit krummem Schnabel und mit scharfen Krallen –
um einen toten Hund war es auf Krieg verfallen.
Es regnete dort Blut, ich übertreibe nicht.
Erzähl' ich Punkt für Punkt euch den Bericht,
so würd' ich alsbald ohne Atem sein.
Viel Geier starben, mancher Held verblich.
An seinem Fels erhofft' Prometheus sich
schon bald zu sehn das Ende seiner Pein.

Gar herrlich war es, ihr Bemühn zu schauen.
Die Toten fallen sehen, war ein Grauen.
Geschick und Tapferkeit und List und Trug
ward angewandt. In beiden Heeren schlug
der Grimm empor wie Glut, nichts blieb erspart,
die Luft im Totenreiche zu beleben.
Von jedem Element bevölkert ward
der weite Raum, in dem die Schatten schweben.
Dies Rasen rief zu Mitleid auf die stillern
Gemüter jenes Volks, des Hälse schillern,
und dessen Herz gar sanft und treu entbrannte.
Dies Volk sann drüber nach, wie man berauben
könnt' ihrer Wucht die Kämpfe dort. Gesandte
erwählte drum das sanfte Volk der Tauben,
und diese alle mühten sich und dämpften
die Wut, bis daß die Geier nicht mehr kämpften.
Sie schlossen Waffenstillstand und dann Frieden.
Doch das geschah zum Schaden jener Schar,
der keiner von den Geiern dankbar war.
Denn gleich hat sich das böse Volk entschieden,
die Tauben zu verfolgen, sie zu morden.
Bald strich durch Dorf und Flur kein Taubenflug.
Die arme Sippe war nicht klug genug,
um zu versöhnen jene wilden Horden.
Macht uneins drum die Bösen voller Trug.
Die Sicherheit der übrigen auf Erden
hängt davon ab. Laßt Krieg bei ihnen werden,
sonst kann kein Friede sich mit ihnen zeigen.
Dies sei so hingesagt. Nun will ich schweigen.

DAS HUHN MIT DEN GOLDENEN EIERN

Der Geiz, der alles rafft, macht alles leicht
zunichte;
hört zum Beweis die Geschichte
von jener Henne, die zu ihres Herrn Freude
täglich ein goldenes Ei gelegt.
Er glaubt, daß ihr Leib einen Schatz umhegt.
Er tötet, öffnet sie, doch ach, ihr Eingeweide,
es ähnelt ganz und gar dem jedes andern Huhns.
Sein Schatz ist hin, das sind die Früchte seines Tuns.

Eine gute Lehre für karge Leute
– dergleichen kam uns oft zu Ohren –
die von gestern auf heute alles verloren,
weil sie reich werden wollten von gestern auf heute.

DER SCHWAN UND DER KOCH

In einer Menagerie,
 gefüllt mit Federvieh,
lebte ein Gänserich und ein Schwan.
Der Schwan, bestimmt, den Blick des Herren zu
 erfreun,
 der Gänserich den Bauch; der Schwan prahlt stolz,
 zu sein
des Gartens Zier. Dem Haus gehört der
 Gäns'rich an.
Die Gräben rund ums Schloß sind ihre
 Promenaden,
da können sie vergnügt von früh bis abends
 baden,
sie schwimmen, tauchen froh und treiben manches
 Spiel,

zu büßen ihre Lust, wird's ihnen nie zu viel.
Doch einmal hat der Koch ein Gläschen mehr
                                    geladen,
und statt des Gäns'richs nimmt den Schwan er roh
                                    beim Hals.
«Das Messer her! Er taugt zur Suppe jedenfalls!»
Der Vogel ist bereit, er singt den Sterbesang.
Der Koch ist ganz verwirrt
und merkt, daß er sich geirrt.
«Was? Solchen Sänger wollt' ich töten?!» ruft er
                                    bang.
«Verhüte Gott, daß je mein Messer nur geritzt
die Kehle, die uns solches hören ließ!»

So schadet in Gefahr, die uns im Nacken sitzt,
ein Wort nicht, wenn es sanft und süß.

DER HAHN UND DIE PERLE

Ein Hahn fand eine Perle. Drum
bracht' er sie unverzüglich zum
nächstbesten Juwelier.
«Sie dünkt mich kostbar», meinte er.
«Allein, das kleinste Körnchen wär'
bei weitem lieber mir.»

Einst erbte einer, der gar dumm,
ein Manuskript, und bracht' es zum
Nachbarn in den Verlag.
«Mir scheint es gut», so sagte er.
«Allein, das kleinste Geldstück wär'
mir lieber, ohne Frag'.»

DER WOLF UND DER HUND

Ein Wolf war nichts als Knochen mehr und Haut,
so gut bewachte jeder Hund sein Lehen.
Der Wolf trifft eine Dogge, schön und wohlgebaut
und glatt und feist, die sich verlaufen aus [Versehen.
Herr Wolf hätt' gern sie angefallen
und viergeteilt mit gierigen Krallen;
doch ging das nicht so mühelos,
denn unser Hofhund war so groß,
daß er den Kampf nicht braucht' zu meiden.
Drum naht der Wolf sich ihm bescheiden,
er plaudert, sagt ihm lauter Artigkeiten,
bewundert seines Leibes Zier.
«Es läg' bei Euch, mein schöner Sire,
so feist zu sein wie ich», entgegnet ihm der Hund.
«Verlaßt doch dieses Waldes Grund,

wo Euresgleichen nur als Mucker,
als arme Teufel, arme Schlucker
im Elend leben, dran sie Hungers sterben bloß.
Was gilt's? Nichts ist Euch sicher! Mangel
      spät und früh.
Bei allem habt Ihr nichts als Müh!
Folgt mir, und sogleich lächelt Euch ein beßres
      Los!»
Der Wolf darauf: «Was hätte ich zu leisten?»
«Fast gar nichts!» sprach der Hund. «Bloß in
      die Flucht *die* jagen,
die betteln oder Stecken tragen,
den Hausbewohnern schmeicheln, und dem
      Herrn am meisten.
Dafür bekommt Ihr all die feisten
und feinen Überreste dessen, was sie kochen,
wie Hühner- oder Taubenknochen,
mit viel Liebkosung zart vereint.»
Schon schmiedet sich der Wolf ein Glück,
      so groß und rund,
daß er vor lauter Rührung weint.
Da sieht er unterwegs, daß kahl am Hals der
      Hund.
«Was ist dies?» fragte er. «Nichts.» – «Wie,
      nichts?» – «Ein Jota nur.»
«Was noch?» – «Das Halsband, das mich festhält,
      ist der Grund
vielleicht für das, von dem Ihr hier erblickt
      die Spur.»

«Euch festhält?» spricht der Wolf. «Ihr lauft
                        somit nicht frei
wohin Ihr wollt?» – «Nicht immer. Doch was
                        macht das aus?»
«Es macht so viel, daß ich von Eurer Schlemmerei
nichts wissen möchte. Ei der Daus,
um diesen Preis wär' ich von keinem Schatz
                        erfreut.»
Drauf lief der Wolf voll Furcht davon und läuft
                        noch heut.

DER HASE UND DIE SCHILDKRÖTE

Renn zeitig los! Schnell laufen ist verlorne Müh.
Die Schildkröt und der Hase sind Beweis genug.
«Wir wollen», sprach sie, «wetten, Ihr kommt nicht
                                                so früh
wie ich ans Ziel!» – «So früh wie Ihr nicht? Seid
entgegnete das flinke Tier.   [Ihr klug?»
«Gevattrin, nehmen solltet Ihr
vier Körner Nieswurz zum purgieren.»
«Ich wette, ohne mich zu zieren.»
So ward's beschlossen. Beide legten
ans Ziel den Einsatz, den sie hegten.
Wieviel es war, tut nichts zur Sachen,
noch wer zum Richter ward bestellt.
Der Hase brauchte bloß vier Sprünge ja zu machen,
von jenen, mein' ich, die er nimmt, wenn er umbellt

von Hunden ist, die er auf falsche Fährte hetzt
und sie ins Irre führt zuletzt.
Er hatte, wie gesagt, viel Zeit zum Fressen so,
zum Schlafen und zum Lauschen, wo
der Wind herwehte, und die Schildkröt ließ er dann
gemächlich wandeln ohne Eile.
Sie startet und sie strengt sich an,
und sie beeilt sich voller Weile.
Der Hase aber, der nach solchem Sieg nicht
und wenig wert die Beute achtet,   [trachtet
er rechnet's sich zu Ehr und Heil
an, spät zu starten. Weidet, ruht sich aus
und kümmert sich um viel, der Daus!
nur um die Wette nicht. Als schließlich er
erkennt, daß schon die Schildkröt fast durchlief die
                                                Bahn,
rennt los er wie der Blitz. Jedoch umsonst war der
Begeistrung Schwung. Die Schildkröt kam als
                                                erste an.
«Nun denn!» rief sie ihm zu. «Hab ich nicht gut
                                                gewettet?
Was nützt die Schnelligkeit Euch doch?
Ich hab gesiegt. Wie wär's erst noch,
wenn Ihr ein Haus zu tragen hättet?»

ALS DIE FÄRSE, DIE ZIEGE UND DAS SCHAF
SICH DEM LÖWEN GESELLTEN

Die Geiß, die Färse und die Schwester dieser
                               beiden,
das Schaf, sie sollen dem Beherrscher jener Gegend,
dem Leu, gesellt sich haben in vergangnen Zeiten,
Gewinne und Verluste treu zusammen hegend.
Ein Hirsch fing in der Ziege Seil sich einst
                               beim Weiden.
Zu den Verbündeten ließ gleich sie Boten eilen.
Als jene kamen, zählt' an Krallen ab der Leu
und sprach: «Zu viert sind wir, die Beute
                               aufzuteilen.»
Zerstückte dann den Hirsch in Viertel ohne
                               Scheu
und nahm als Herrscher sich das erste voll
                               Behagen.

«Dies hier ist mein», sprach er, «und aus dem einz'gen Grund,
weil ich der Löwe heiße, und
dazu ist weiter nichts zu sagen.
's ist nichts als recht, daß auch das zweite mir
zufalle.
Dies Recht, es ist des Stärkern Recht, ihr wißt
es alle.
Als Mutigstem kommt auch das dritte Teil mir zu.
Und rührt das vierte einer von euch an, im Nu
zerreiß' ich ihn mit meiner Kralle.»

DIE AUSTER UND DIE STREITENDEN

Zwei Pilger kamen einst mitsammen an den Strand,
wo eine Auster lag, vom Wasser hingetragen.
Die Augen schluckten sie, es wies auf sie die Hand,
doch wessen Mund auf sie ein Recht hat, muß man fragen.
Der erste bückt sich schon, die Beute aufzuheben.
Der zweite stößt ihn weg. «Wer ist es», sagt er scharf,
«der von uns beiden sie essen darf?
Wer sie zuerst erschaut, dem sei das Recht gegeben,
sie zu genießen, und der andre muß es leiden.»
«Will man danach den Fall entscheiden,
nun denn», der Partner sagt, «ich habe gute Augen.»

«Nicht daß die meinen weniger taugen,
sie sahen sie vor dir, erspar' dir alle Müh!»
«Du sahst sie wohl, allein gerochen hab ich sie.»
So streiten sie mit Lärmen und Schrein.
Da kommt Perrin Dandin[1], er soll der Richter sein.
Er öffnet und er schluckt die Auster feierlich:
Die Pilger schaun und wundern sich.
Er aber salbungsvoll und stolz das Urteil spricht:
«Hier, eine Schale kriegt ein jeder von euch zwein.
In Frieden gehet heim. Zu zahlen braucht ihr nicht.»

Bedenkt, daß ein Prozeß die Menschen läßt verarmen,
Familien gehn zugrund, der Nutzen ist gering,
denn alles schluckt Perrin Dandin, kennt kein Erbarmen
und läßt den Streitenden nicht einen Pfifferling.

---

[1] Perrin Dandin, Figur bei Rabelais und Racine; Sinnbild der nichtsnutzigen Justiz jener Zeit.

DIE KATZE UND EINE ALTE RATTE

Ich las bei einem Fabeldichter:
Ein zweiter «Nagespeck», ein Katzenfürst voll Taten,
die Gottesgeisel aller Ratten,
er machte elend dies Gelichter. –
Ich las, sag' ich, in einem Buch:
Der Kater, überhäuft mit Fluch,
ein wahrer Zerberus, in weitem Kreis gemieden,
er wollt' vertilgen ganz das Mäusevolk hienieden.
Die Brettchen, aufgehängt an einem dünnen Kiel,
die Fallen all für Ratz und Maus,
sie waren gegen ihn nur Spiel.
Allein, da drum aus seinem Haus
kein Mäuslein mehr sich wagt' heraus
und so in Haft war, daß er keins mehr konnte
fangen,

stellt unser Fant sich tot. Von einem Brett läßt
                                      hangen
er, Kopf voran, den Rumpf. Doch hielt der Böse-
                                        wicht
an einer Schnur sich mit dem Fuß im Gleich-
                                        gewicht.
Das Volk der Mäuse glaubt, die Straf hab ihn er-
                                        reicht,
er hab gestohlen einen Käse oder Braten,
jemanden arg zerkratzt, gestiftet einen Schaden,
drum hab den Taugenichts man nun erhängt
Alsbald gelobten alle Ratten,   [vielleicht.
sie würden lachen, würd' den Kater man bestatten.
Sie spähen scheu hervor, sie kommen aus dem Haus,
dann kehren sie ins Nest zurück,
dann trippeln vor sie auf gut Glück,
dann nähern sie sich seinem Flaus.
Doch welch ein Schrecken, welch ein Graus:
Der Tote wird lebendig, springt herab voll List
und packt die Trägsten an den Kehlen.
«Wir kennen manchen Trug», sagt er, als er sie frißt.
«Dies ist ein alter Kriegstrick. Eure tiefen Höhlen,
sie retten niemals euch. Ich warne hier euch alle.
Ihr geht mir sicher in die Falle.» –
Er prophezeite recht. Denn unser Meister Malle
täuscht sie zum zweitenmal, betrügt sie fein und
                                        schnell,
macht sich mit Mehl ganz weiß das Fell;
und so verkleidet kauert er

in einen leeren Backtrog sich, bereit zum Fang,
denn wohlberaten war er sehr.
Das Trippelvolk, es läuft in seinen Untergang.
Nur eine Ratte ging nicht aus wie eh und je.
Sie war erfahren und sie kannte manchen Dreh.
Sie hatt' sogar den Schwanz verloren in der
                                            Schlacht.
«Glaubst du, daß mir der dicke Mehlsack Eindruck
                                            macht?»
rief sie von weitem zu dem Katzengeneral.
«Mir scheint, dahinter birgt sich irgendein Betrug.
Das Mehl, es nützt dir nichts, mit Fug.
Denn wärst du auch ein Sack, mich lockst du nicht
                                            zumal!»

Gut war's gesagt. Ich schätze die Besonnenheit.
Die Ratte kannte manche List.
Sie wußte wohl: das Mißtraun ist
die Mutter aller Sicherheit.

DER HAHN UND DER FUCHS

Auf einem Baume saß als Schildwach einst ein Hahn,
ein alter, schlau und sehr durchtrieben.
«Freund», sprach ein Fuchs ihn mit sehr sanfter Stimme an,
«wir wollen uns von heut an lieben.
Den Frieden wollen wir bejahn.
Ich tu' es kund dir: steig herab, ich möcht' dich küssen.
Laß bitte mich nicht warten müssen.
Ich soll heut vierzig Meilen hinter mich noch kriegen.
Du und dein Haus, ihr könnt obliegen
ganz ohne Furcht euren Geschäften.
Wir helfen brüderlich nach Kräften.

Drum zündet Freudenfeuer an.
Indessen komm, um zu empfahn
den brüderlichen Liebeskuß.»
«Freund», gab der Hahn zur Antwort, «niemals
                             ward beschieden
mir ein noch freundlicherer oder beßrer Gruß.
Ich muß
mich freu'n am Frieden;
und doppelt ist die Freude,
weil sie von dir mir kommt. Ich seh' zwei
                             Hunde rennen,
die sicherlich sich Herold nennen,
und die mit Botschaft man betreute!
Sie laufen so, daß sie im Nu bei uns sein müssen.
Ich steig' herab, dann können wir uns alle küssen.»
«Lebwohl», rief da der Fuchs. «Mein Weg ist lang
                             und weit.
Wir freu'n uns am Erfolg der Angelegenheit
ein ander Mal.» Und alsbald lief der Fant
so schnell er konnte übers Land,
weil ihm die Kriegslist nicht geglückt.
Der alte Hahn war sehr entzückt
und wollte sich vor Lachen biegen.
's ist doppelter Genuß, Betrüger zu betrügen.

DER HASE UND DIE FRÖSCHE

Ein Hase saß im Nest und sann.
(Was soll in einem Nest man tun, wenn
man nicht sinnt?)
Die schwerste Sorge schloß dies Tier in
ihren Bann,
weil Hasen stets voll Angst und daher
traurig sind.
«Die Ängstlichen erleiden», sprach
der Hase, «doch viel Ungemach!
Sie können keinen Bissen mit Genuß verspeisen.
Nie ist die Freude rein. Stets werden sie bedroht.
So leb' ich. Die verfluchte Angst will mir
entreißen
den Schlaf; mit offnen Augen schlummre ich
zur Not.

Gewöhn dir's ab, rät man mir klug, mich zu
                                    versöhnen.
Kann man die Angst sich abgewöhnen?
In guten Treuen glaube ich,
die Menschen haben Angst wie ich.»
So schloß der Hase, auf der Hut
war aber er bei all dem doch
voll Zweifel und voll Unruh noch.
Ein Hauch, ein Nichts versetzte ihn in Fieberglut.
Als so das schwermutvolle Tier
sein Los bedacht' mit trübem Sinn,
hört es ein leicht Geräusch. Ein Zeichen war's,
in seinen sichern Bau zu fliehn.   [wie irr
Vorüber eilt's an eines Teiches Rand. Im Nu
verschwanden alle Frösche schleunigst in den
                                    Wellen
und kehrten alsbald heim in ihre tiefen Höhlen.
«Ach!» sprach der Has, «ich füge *zu*
den andern, was man mir antut?
Auch ich flöß' Angst ein! Bring die andern aus
Woher nehm' ich nur so viel Mut?   [der Ruh!
Wie? Tiere gibt's, die zittern gar bei meinem
                                    Nahn?
Ich kann somit zum Helden werden!
Ich sehe, es gibt keinen Feigling auf der Erden,
der nicht noch einen größern Feigling finden kann.»

DER FUCHS UND DER ZIEGENBOCK

Dem Feldherrn Fuchs tat als Gefährte einst
                              genügen
ein Ziegenbock mit langer Hörner Schaugepränge.
Doch der sah weiter nicht als seine Nasenlänge.
Der andre aber war ein Meister im Betrügen.
Der Durst zwang sie, in einen Brunnen
                              einzusteigen.
Dort tränkt ein jeder sich, bis satt er.
Nachdem die beiden ihren Durst gelöscht und
                              schweigen,
sagt zu dem Bock der Fuchs: «Was tun wir nun,
                              Gevatter?
Den Brunnen zu verlassen nach dem Trunk
                              ist Brauch.
Stemm deine Füße hoch und deine Hörner auch.

Leg an die Mauer sie. So will auf deinem Rücken
zunächst empor ich klimmen hier,
dann auf die Hörner steigen dir;
mit ihrer Hilfe soll mir's glücken,
aus diesem Brunnen zu entfliehen.
Dann will auch dich empor ich ziehen.
«Bei meinem Barte!» sprach der Bock. «'s ist gut!
                                       Ich lobe
so Leut wie dich, klug und gewieft.
Ich hätte nie, was mich betrifft,
bestanden diese schwere Probe!»
Der Fuchs steigt aus dem Brunnen. Läßt den
Hält eine Predigt immerhin   [Freund darin.
und mahnet zur Geduld ihn leise.
«Hätt' dir der Himmel», sprach er, «beispielsweise
so viel an Urteilskraft verliehn wie Bart ums
                                       Kinn,
so wärst du nicht leichtsinnig in
den Brunnen hier gestiegen. Nun – Leb wohl!
                                       Ich geh.
Such auch herauszukommen. Streng dich an. Ade!
Denn ich hab Dinge nun im Sinn,
die es mir nicht gestatten, dir mehr Zeit zu
                                       schenken.»

Bei allen Dingen muß das Ende man bedenken.

DAS PFERD UND DER WOLF

Ein Wolf sah in der Jahreszeit,
    da unter lauen Lüften neu das Gras ergrünt
und jedes Tier aus seiner Wohnstatt sich erkühnt,
zu freiem Leben neu bereit –
ein Wolf, sag' ich, bemerkte nach des Winters Härten
ein Pferd, dem grüne Gräser frohe Lust
                                gewährten.
Denkt euch, wie dieser Wolf sich freute!
«Gut Weidglück!» sprach er. «Wer dies hätt' zu
                                seinem Fraß!
Was bist du nicht ein Schaf! Du kämst mir sehr
                                zu paß.
So aber braucht es List, zu schlagen diese Beute.
Doch wir sind schlau!» – Drauf naht er sich gar
                                schmeichelhaft,

nennt Schüler sich des Hippokrat,
sagt aus: er kenne jedes Heilkrauts Eigenschaft
auf dieser Weide, hab die Kraft
zu heilen schlicht und akkurat
gar viele Übel auch. Wenn Don Rennpferd
                              mitteilen
ihm möcht', wie seine Krankheit hieße,
würd' er, der Wolf, ihn gerne heilen.
Denn daß er so auf dieser Wiese
hier weide, frei und nach Gebühr,
bezeuge – nach der Heilkunst – eine Krankheit
«Ich habe», sprach das Pferdetier,   [schier.
«hier unterm Fuße ein Geschwür.»
«Mein Sohn», sprach da der Arzt, «'s ist keine
so sehr empfindlich mir erschienen.   [Stelle nie
Den Herren Pferden hab die Ehre ich zu dienen.
Auch üb' ich aus die Chirurgie.»
Der Fant war drauf bedacht, daß Vorteil er
weil ihm an seinem Kranken lag.   [gewänne,
Der aber ahnte dies und gibt ihm einen Schlag,
der zu zermalmen ihm vermag
zu Brei die Kiefer und die Zähne.
«Na schön», sprach da der Wolf zu sich, betrübt
                              und klein,
«der Schuster bleib' bei seinem Leisten. Du tatst
                              groß,
gabst vor, ein Kräutermann zu sein,
und warst doch stets ein Fleischer bloß.»

DER HUND, DER UM DES SPIEGELBILDES WILLEN SEINE BEUTE FALLEN LÄSST

Ein jeder täuscht hienieden sich.
Man sieht nach einem Schatten jagen
so viele Narren, daß selbst ich
euch vielfach nicht die Zahl kann sagen.
Verweisen auf den Hund wir bei Äsop sie munter.

Der Hund sah seine Beute in der Flut gespiegelt.
Er ließ sie los, sprang nach dem Bild, ging
                                        beinah unter.
Die Woge brauste hoch, vom Sturze aufgewiegelt.
Mit Müh und Not erreichte er den Strand,
hielt weder Bild noch Gegenstand.

DER ESEL, BELADEN MIT SCHWÄMMEN,
UND DER ESEL, BELADEN MIT SALZ

Ein Treiber trieb mit dem Stock vor sich her
– kein römischer Kaiser stolzer wär' –
seine beiden Langohren, die grauen.
Der eine Schwämme trug und lief wie ein Kurier,
der andre ging, ein unwilliges Tier,
als tät' man ihm Glas anvertrauen;
doch seine Last war Salz. So wandern sie vergnügt,
bis manch Tal, manch Berg hinter ihnen liegt.
An eines Flusses Furt langten sie schließlich an,
ein Hindernis für Tiere und Mann.
Dem Treiber war die Furt seit je vertraut genug,
er stieg auf den Esel, der Schwämme trug.
Den andern er ins Wasser trieb;
dem aber war das gar nicht lieb,
er stürzt sich in ein Loch ganz heiter,

taucht wieder auf, schwimmt rüstig weiter,
denn kaum hat sich gerührt der schlaue Wicht,
das Salz, das er trug, geschmolzen war,
der Esel somit seiner Ladung bar,
die Last auf den Schultern spürt er nicht.
Dem Kameraden folgt der Esel mit dem Schwamm,
wie in den Abgrund folgt ein Lamm dem andern
                              Lamm.
Schon reicht's ihm bis zum Hals, da gilt kein
der Schwamm, der Mann und er   [Halten mehr,
sie trinken alle drei, der Treiber und das Vieh
und der Schwamm noch mehr als sie
löscht seinen Durst so gut,
daß kein Tropfen Platz mehr fände.
Dem Esel ist's zu viel, er sinkt tief in die Flut,
der Treiber schlingt ihm um den Nacken die Hände
und wartet auf das sichere Ende.
Die Helfer kamen schnell, gleichgültig wer sie
                              waren.
Genug wenn man erkennt an diesem klaren Falle,
daß eines sich nicht schickt für alle,
und das solltet ihr von mir erfahren.

DER LANDMANN UND DIE SCHLANGE

Äsop erzählt von einem Mann,
der gütig war, jedoch sehr dumm.
Als er im Winter irgendwann
spazierte um sein Gut herum,
fand eine Schlange er, die lag im Schnee
                              erfroren,
gelähmt vom Frost und regungslos. Sie schien
Bald war's mit ihrem Leben aus.   [verloren.
Der Landmann nimmt sie auf und trägt sie in sein
                                       Haus,
und ohne zu bedenken, was für seine Treu
und seine Tat sie ihm vergälte,
legt er vors Feuer sie, von Kälte
sie zu befrei'n, belebt sie neu.
Das steifgefrorne Tier fühlt kaum die Wärme, als

sein Geist zurückkehrt und mit seinem Geist
                                     der Zorn.
Es hebt den Kopf ein wenig, pfeift und bläht den
                                     Hals.
Dann krümmt es sich und setzt zum Sprung an
                                     allenfalls
auf seinen Retter, der's beschützt' wie einen Sohn.
«Treulose!» rief er. «Ist nun das mein ganzer Lohn!
So stirb!» Bei diesem Wort faßt in gerechter Wut
er seine Axt und hackt das Tier in Stücke ganz;
aus dreien Teilen rinnt das Blut:
dem Rumpf, dem Kopf und auch dem Schwanz.
Der Wurm möcht' schlängelnd sich aufs neu zum
                                     Ganzen zwingen,
doch will's ihm nimmermehr gelingen.

Mildtätig sein ist gut fürwahr.
Doch gegen wen? das ist die Frage.
Es enden jäh mit einem Schlage
die Undankbaren immerdar.

DER GREIS UND DER ESEL

Auf seinem Esel ritt der Greis, als er erblickt
ein Feld in Blütenpracht entzückt.
Er gibt den Esel frei, und der stürzt mit
                              Behagen
ins Gras und füllt seinen Magen.
Er kratzt sich, er wälzt sich im Kraut,
er hüpft, er iaht, und er kaut,
und manche Stelle frißt er kahl.
Da kommt der Bauer mit einem Mal.
«Fliehn wir!» ruft der Alte im Nu.
Doch das Grautier erwidert: «Wozu?
Legt mir der Bauer auf denn doppelt schwere
                                    Last?»
«Das nicht», gesteht der Greise, schon außer
                                      Atem fast.

«Was liegt mir also dran, für wen ich Lasten
                                    trage?
Laßt mich nur weiden und rettet Euch,
unser Herr ist der Feind, wer's ist, das ist
                                    gleich.
Ihr könnt mir glauben, was ich Euch sage!»

DIE BEIDEN HÄHNE

In Frieden lebten Hahn und Hahn; da kam die Henne,
und schon gab's Krieg. Zerstört
hast, Liebe, Troja du! Du wolltest, daß entbrenne
der Streit der Helden kampfbewährt,
bis der Skamander sich gefärbt mit Götterblut.
So kämpfte Hahn mit Hahn in stets erneuter Wut.
Die Nachbarschaft erfuhr die Nachricht schnell genug,
und das Geflügel eilt in großer Schar heran.
So manche Helena im Federschmuck
wurde des Siegers Preis, indes dem andren Hahn
nichts blieb als ein Versteck, dem armen, dem verhärmten.

Dem verlorenen Ruhm galt seine Klage
und seinen Schätzchen auch, die den Rival
                            umschwärmten.
Vor seinen Augen! Sah er ihn doch alle Tage!
Sein Haß entzündet sich, die Kampflust ist bereit,
den Schnabel wetzt der Hahn, sträubt sein
                            Gefieder heftig,
den Angriff übt er aufs neu geschäftig,
die Eifersucht ihm Kräfte verleiht.
Es brauchte ihrer nicht, weil's seinen Gegner trieb,
von jedem Dach herab Sieg und Triumph zu krähn.
Kaum hat ein Geier ihn gesehn,
da war es aus mit Ruhm und Lieb'.
Der ganze Stolz verging unter des Geiers Klauen.
Da ließ der andre Hahn sich schauen,
der einstige besiegte Rival,
und hat der Henne den Hof gemacht.
Was wurde da getratscht und gelacht,
denn Weibchen gab's in großer Zahl.
Zu spielen solchen Streich, des freut sich das
                            Geschick,
des Siegers Prahlerei, wie bald ist sie zerronnen.
Drum sehen wir uns vor, mißtrauen wir dem
                            Glück,
auch wenn die Schlacht gewonnen.

DER LANDMANN UND SEINE SÖHNE

Gebt Müh euch, schafft, so viel ihr könnt.
Das ist das wahre Kapital.

Ein reicher Landmann sah, daß ihm der Tod ver-
gönnt.
Er ließ die Söhne kommen, sprach zu ihnen all:
«Verkaufet mir nur nie das Erbe, dieses Gut,
das unsre Ahnen uns verliehn.
Es liegt ein Schatz verborgen drin,
ich weiß nur nicht recht wo. Doch mit ein wenig
Mut
macht ihr ihn sicher aus. Ihr werdet ihn erlangen.
Grabt nur die Felder um, eh der August vergangen.
Grabt eifrig, wühlt und harkt, laßt übrig keinen
wo ihr nicht forschet nach dem Schatz.»   [Platz,

Der Vater starb. Die Söhne graben voller List
so hier wie dort und überall. Nach Jahresfrist
bracht' ihr Gebiet viel mehr Ertrag.
Geld lag dort nicht versteckt. Jedoch der Vater mag
sehr klug bewiesen haben, wie
die Arbeit einen Schatz verlieh.

DER ADLER UND DER KÄFER

Der Adler jagte einst den Hasen, Hans genannt,
der stracks und rasch zu seinem Unterschlupf entfloh,
als er auf seinem Weg des Käfers Wohnung fand.
Wohl war dies Obdach gar nicht so
sehr sicher. Doch was tut's? Hans kauert sich hinein.
Als nun der Adler trotz des Schutzorts niedersticht,
mischt sich der Käfer also ein:
«Es fällt Euch, Fürst der Vögel, leicht, den armen Wicht
zu packen, trotzdem ich hier steh, mit ihm zu leiden.
Doch tut mir dies nicht an, ich bitte Euch ergeben!

Und da der Hase Hans Euch anfleht um sein
                              Leben,
schenkt es ihm gnädig, oder raubt es jäh uns
                              beiden!
Er ist mein Nachbar, mein Kumpan.»
Der Vogel Jupiters entgegnet nicht ein Wort,
stößt nur im Flug den Käfer fort,
bringt ihn entsetzt zum Schweigen dann
und raubt den Hasen Hans. Der Käfer ist
                              empört,
fliegt zu des Vogels Horst, zerbricht, da jener
                              fern,
die Eier all, die zarten, seiner Hoffnung Stern.
Nicht eines läßt er unzerstört.
Als heimkam unser Aar, fand tot er seine Brut,
und füllt' die Luft mit Schrei'n. Doch weiß,
                              trotz aller Wut,
er nicht, an wem er jetzt sich rächen soll
                              geschwind.
Er klagt umsonst. Sein Jammerruf verweht im
                              Wind.
Er mußte kinderlos vertrauern jenes Jahr.
Im nächsten baut er seinen Horst an höherm Ort.
Doch wieder wirft der Käfer ihm die Eier fort.
Der Tod des Hasen Hans ist nun gerächt fürwahr.
Der zweite Klageschrei ertönte in dem Wald
sechs Monde lang, eh er verhallt.
Der Vogel, der den Ganymed
einst trug, hat jetzt vom Göttervater Hilf erfleht.

Er birgt die Eier in dem Schoß des Gottes,
                                          glaubt
sie sicher dort. Denn wenn bei Zeus sie einer
                                          raubt,
so muß in eigner Sache sie der Gott beschützen.
Sie kühn zu rauben, würd' nichts nützen.
Man raubte die auch nicht, der Daus!
Der Feind fand eine andre List.
Auf das Gewand des Zeus ließ fall'n er seinen
                                          Mist.
Zeus schüttelte sein Kleid mitsamt den Eiern aus.
Als unser Aar dies Stück gehört,
da drohte er dem Zeus und schwur,
er würd' den Hof verlassen, in der Wüste nur
noch leben, einsam und verstört,
nähm' nichts mit, was ihm einst gehört.
Der arme Zeus versank in Schweigen.
Der Käfer kam, vor seinem Richtstuhl sich zu
und zu erzählen, was geschah.   [neigen
Man tat dem Adler kund, daß er nur schuldig sei.
Doch keiner ließ sich zum Vergleich darauf herbei.
Worauf der Göttervater klug beschloß, allda
die Zeit, wo Adler balzen, dorthin zu verlegen,
wo alle Käfer sich verstecken im Revier,
und tief im Dunkeln, ähnlich wie das Murmeltier,
den Winterschlaf zu halten pflegen.

DER VIELKÖPFIGE
UND DER VIELSCHWÄNZIGE DRACHE

Des Sultans Abgesandter pries
— wie die Geschichte lehrt — beim Kaiser
einstmals dies:
Die Streitmacht seines Herrn gelt' mehr als die
im Reich.
Ein Deutscher aber sprach sogleich:
«Der Kaiser hat viel Ingesind,
die, kraft des Herrn, so mächtig sind,
daß jeder unter ihnen könnt' ein Heer besolden.»
Der Türke war sehr klug und sprach
zu ihm: «Ich weiß durch unbescholten
Gerücht, was jeder Wähler kann an Mannschaft
und das erinnert mich an ein   [leih'n,
sehr seltsam Abenteu'r; in dem mag Wahrheit
stecken.

«Ich stand an sicherm Ort, da sah ich ziehn
                              von hinnen
die hundertköpfige Hydra hinter einer Hecken.
Mein Blut wollt' mir zu Eis gerinnen;
ich glaub', schon weniger kann uns schrecken.
Doch suchte heim mich Angst nur und kein
                              Mißgeschick.
Der Leib des Tieres konnt' zum Glück
zu mir herüber nicht, denn nirgends war ein Loch.
Ans Abenteuer dacht' ich noch,
als schon ein andrer Drache mit nur einem Haupt,
doch vielen Schwänzen ebenfalls vorbeigekommen.
Ich war, wie jeder gerne glaubt,
vor Schreck und Staunen ganz benommen:
Der Kopf ging durch und auch der Leib und
                              jeder Schwanz.
Nichts hemmte sie; der eine war des andern
                              Weiser.
Ich glaube, so verhält sich's ganz
mit eurem und mit unserm Kaiser.»

DIE FLEDERMAUS UND DIE BEIDEN WIESEL

Einst stürzte eine Fledermaus sich Kopf voran
in eines Wiesels Bau. Sobald sie drinnen war,
kam – zornig lange schon auf Mäuse – es heran,
zu fressen sie mit Haut und Haar.
«Wie denn? Ihr wagt's», sprach es, «mir vor den
                             Blick zu kommen,
wo mir zu schaden ihr euch alle vorgenommen!
Seid Ihr nicht eine Maus? Antwortet kurz und
                                  bündig.
O ja, Ihr seid's, sonst wäre ich ein Wiesel nicht.»
«Verzeiht mir», sprach die Arme schlicht,
«jedoch ich bin nicht halb so sündig.
Ich, eine Maus! Ein Gauner tät's Euch hinter-
                                 bringen.
Denn dank dem Schöpfer dieser Erden

bin ich ein Vogel, schaut die Schwingen.
Hoch alle, die die Luft durchquerten!»
Einleuchtend schien der Grund und gut.
Drauf hat das Wiesel hold geruht,
die Freiheit ihr zu schenken wieder.
Zwei Tage später kommt gerast
sie blindlings in den Bau hernieder
von einem andern Wiesel, das die Vögel haßt.
Schon wieder ist in tödlicher Gefahr sie fast.
Die Frau des Hauses mit der langen Schnauze
                              wollte
verspeisen sie als Vogel, weil sie diesen grollte.
Einspruch erhob die sehr gekränkte Fledermaus.
«Ich soll ein Vogel sein? Wie könnt Ihr bloß
                              so schwatzen?
's Gefieder macht den Vogel aus.
Ich bin doch Maus. Hoch alle Ratzen!
Zeus soll verwirren alle Katzen!»
Durch solche Antwort hat soeben
gerettet zweimal sie ihr Leben.

Schon viele hängten nach dem Winde sehr
                                bequem
den Mantel bei Gefahr, wie sie, bald viel, bald
                                wenig.
Der Kluge sagt, ganz je nachdem:
«Hoch leb die Liga! Hoch der König!»

DER ADLER UND DIE EULE

—

Der Adler und die Eule hörten auf zu streiten,
ja, es umarmten sich die beiden.
Er schwur beim Eid des Königs, sie beim Eid der
Nächtigen,
sie würden nie der Brut des andern sich be-
mächtigen.
«Kennt Ihr die meine?» sprach Minervens Attribut.
«Nein», sagte er. – «Ach!» sprach der traurige Vogel
«dann fürchte ich für ihre Haut,   [laut,
und kaum bewahr' ich meine Brut.
Da Ihr ein König seid, gebt Ihr auf gar nichts acht.
Denn Könige und Götter tun nach ihrem Kopf
die Dinge all in einen Topf.
Wenn meinen Kleinen Ihr begegnet – dann: gut
Nacht!» –

«Beschreibt sie mir», sprach da der Adler. «Zeigt
Ich schone sie, bei meinem Kropf!»   [sie mir.
Die Eule gab zurück: «Die Kleinen sind sehr süß,
schön, gut gewachsen, hübsch, wie keine sonst,
                                            gewiß.
Ihr könnt an diesen Zeichen mühlos sie erkennen.
Vergeßt sie bitte nicht. Behaltet sie recht fein.
Ich würd's der Parze niemals gönnen,
dräng' sie durch Euch je bei mir ein.» –
Gott gab der Eule viele Kinderlein ins Haus.
Da, eines Abends, sah, als sie auf Nahrung aus,
der Aar per Zufall und mit eins
im Winkel eines Felsgesteins,
vielleicht im Loch auch eines Baus,
(ich weiß nicht mehr, allwo es war)
viel Monstren, klein und sonderbar,
zerzaust, mit traurigen Mienen, kreischend wie
                                            Megären.
«Die Kleinen hier», sprach er, «sind die der Eule
                                            nicht.
Ich will sie fressen!» Und er tat's, der Bösewicht.
Denn leichte Mahlzeit will er niemals sich
                                            gewähren.
Die Eule kam zurück und fand nur noch die
                                            Krallen
von der geliebten Brut. Ach! nichts mehr sonst
                                            war da.
Sie klagt und fleht die Götter an, ihr zu Gefallen
den Räuber zu bestrafen, durch den dies geschah.

Doch jemand sprach zu ihr: «Klag niemand an,
und das Gesetz, das willentlich   [als dich
bestimmt, daß seinesgleichen man
schön findet, lieb und wohlgetan.
Du schildertest dem Aar die Kleinen hold und mild.
Doch glichen sie denn deinem Bild?»

DER HIRSCH,
DER SICH IM WASSER SPIEGELTE

In eines Quells kristallner Flut
hat einst ein Hirsch sein Bild gesehn.
Ihn dünkte sein Geweih sehr schön,
doch konnte nur mit Schmerz und Wut
die spindeldürren Beine er
im Wasser stehend ansehn, so von ungefähr.
«In welchem Mißverhältnis steht mein Fuß zum
                                    Haupt!»
sprach er und sah die Beine an voll trauriger Pein.
«Die Stirne reicht dorthin, wo sich der Baum belaubt,
doch wenig Ehr macht mir mein Bein.»   [
Dieweil er solche Schlüsse zieht,
jagt ihn ein Spürhund in die Flucht,
worauf er sich zu retten sucht
und eiligst in den Wald entflieht.

Jedoch sein unnützes Geweih
hemmt ihn in einemfort dabei,
macht, daß sein Fuß zuweilen wankt,
dem seine Rettung er verdankt.
Da widerruft er, was er sprach, und flucht den
Gaben,
die jährlich ihm die Götter neu verliehen haben.

Wir rühmen, was gefällt, verachten, was uns nützt.
Zu Fall bringt Pracht uns oft dabei.
Es tadelt jener Hirsch den Fuß, der ihn beschützt,
und schätzt das schädliche Geweih.

DER NARR UND DER WEISE

Viel Steine warf der Narr hinter dem Weisen
                                          her.
Der Weise wandte sich. «Nimm dieses Goldstück,
                                          Freund»,
so sagte er zu ihm. «Du hast es gut gemeint.
Allein für solche Müh verdientest du noch mehr.
Nun, jede Arbeit, heißt's, trägt ihren Lohn
                                          in sich.
Sieh doch den Bürger dort, er hat viel mehr als ich,
gib ihm, was du mir gabst, er ist der rechte
                                          Mann.»
Von dem Gewinn verlockt, geht unser Narr daran,
den Bürger mit Steinen zu bombardieren.
Doch einen andern Lohn bekommt er jetzt
                                          zu spüren;

Gesinde läuft herbei, gleich hat man ihn beim
                                              Kragen,
und eh er sich's versieht, war er schon tot-
                                        geschlagen.

Bei Königen gibt's solcher Narren viele,
sie höhnen euch, damit ihr Herrscher lacht.
Wehrt ihr euch gegen ihre frechen Spiele?
Sie zu verprügeln, habt ihr nicht die Macht.
Drum besser ist's, ihr schickt sie zu dem Mann,
der stärker ist und sie bestrafen kann.

DER TOD UND DER HOLZSAMMLER

Ein armer Reisigsammler, tief gebeugt
                                    desgleichen
von seinen schweren Bündeln und der Last der
                                         Jahre,
ging ächzend, müden Schrittes hin mit seiner
                                         Ware
und suchte die verrauchte Hütte zu erreichen.
Als schließlich er vor Müh und Schmerz nicht
                                    weiter kann,
legt er sein Bündel ab und denkt ans Unglück
                                         dann.
Was machte Freude ihm, seit er auf dieser Welt?
Gibt's einen Ärmern noch, hier unterm Himmels-
                                         zelt?
Oftmals hat er kein Brot und niemals irgend Ruh.

Sein Weib, die Kinder, Kriegsdienst, Steuern
die Gläubiger und ihr Gehaben, [noch dazu,
dies alles macht zum Abbild ihn des Unglücks-
                                    raben.
Er ruft den Tod, und dieser eilt sogleich herzu
und fragt ihn, was zu machen wär'.
«Hilf mir», sagt der, «dies Holz im Nu
auf meinen Rücken packen. Dir wird dies nicht
                                    schwer.»

Der Tod läßt uns das Heil erwerben.
Und dennoch wollen wir nicht fort.
Viel lieber leiden hier, als sterben,
dies ist der Menschen Losungswort.

DIE SONNE UND DIE FRÖSCHE

Bei des Tyrannen Hochzeit hat das Volk, erfreut,
in Bechern seine Sorg ertränkt.
Es fand Äsop allein, die Leute sei'n beschränkt,
zu zeigen so viel Fröhlichkeit.

Die Sonne, lehrte er, hat einst sich vorgenommen,
sich einem Gatten zu vermählen.
Alsbald vernahm man, wie einstimmig und
                                   beklommen
sein Los beklagt' mit lautem Schmälen
das Volk, das in den Sümpfen liegt.
«Was sollen tun wir, wenn sie Kinder kriegt?»
fleht' es das Schicksal an. «Ein einziges
                                   Sonnenlicht
erträgt man, doch ein halbes Dutzend nicht.

Was tun wir Flutbewohner, wenn das Meer
                              versiegt?
Sumpf, Binsen – lebet wohl! Wir sind dem Tod
                              verfallen!
Bald sieht man uns hinunter wallen
zum Flusse Styx!» – Als armes Tiergeschlecht
sprach meiner Meinung nach die Fröscheschar
                              nicht schlecht.

DER VON EINEM PFEIL VERWUNDETE VOGEL

Von einem Federpfeil zu Tod verwundet, klagte
ein Vogel über sein betrüblich Los und sagte,
dieweil ein Übermaß an Schmerzen er erduldet':
«Ist's nötig, daß sein eignes Unglück man
            verschuldet?
Grausame Menschen, die aus unsern
            Schwingen
ein Werkzeug schaffen, das uns rasch den Tod
            muß bringen!
Doch spotte unser nicht, du mitleidlose Brut.
Gar oft erreicht auch dich ein Los, wie meins
            mich heut.
Von Japets Kindern hält die eine Hälfte gut
der andern ihren Tod bereit.»

DIE SCHILDKRÖTE UND DIE BEIDEN ENTEN

Einst lebte eine Schildkröt, liebend leichten
                                Tand,
die, ihres Loches müd, die Welt erfahren wollte.
Gern rühmt man übers Maß ein unbekanntes Land.
Gar oft ein Hinkender schon seiner Wohnstatt
Zwei Enten, denen unsre Muhme   [grollte.
den Plan bekanntgab, sagten ihr,
sie wüßten gut, was ihr gereichen würd' zum
«Seht Ihr den breiten Weg allhier?   [Ruhme.
Wir tragen durch die Luft Euch nach Amerika.
Viel Republiken seht Ihr da,
viel Reiche und viel Völker, und Ihr profitiert
von den verschiednen Sitten, die Ihr dort kapiert.
Odysseus selbst zog aus!» Niemand hofft' zu
zu hören von Odysseus' Fahrten.   [erwarten,

Die Schildkröt hörte sich den Vorschlag gläubig an.
Der Handel ward perfekt. Die Vögel bauten klug
ein Luftschiff, das die Kröte trug.
Ein Stock ward quer ihr in das Maul hineingetan.
«Beißt gut darauf und laßt nicht los!» gebot
                                          man ihr.
Dann faßt an jedem End den Stock der Enten eine.
Die Schildkröt fliegt empor. Man staunt rings
                                          im Vereine,
zu sehn das sonst so träge Tier
samt seinem Haus so hoch im Blau,
dort zwischen den zwei Enten, mitten drin, genau.
«Ein Wunder!» rief man aus. «Kommt, schaut dort
                                          in der Wolke
die Fürstin aus dem Krötenvolke!»
«Die Fürstin? Nun, fürwahr! Ich bin dazu erlesen.
Drum spottet meiner nicht!» Viel klüger wär's
                                          gewesen,
des Wegs zu ziehen ohne daß ein Wort erklang.
Dieweil sie spricht, läßt sie den Stock leichtsinnig
                                          fahren,
und fällt zerschmettert nieder vor die Gaffer-
                                          scharen.
Ihr Unverstand war schuld an ihrem Untergang.

Unklugheit und Geschwätz und dumme Eitelkeit,
mit blöder Neugier im Geleit,
sind eng geschart um eine Krippe
und stammen aus derselben Sippe.

DER BETTELSACK

—

Zeus sagte einst: «Mög' alles, was da Odem hat,
vor meinem Thron erscheinen, der gar
herrlich ragt.
Wenn jemand etwas an sich selbst zu tadeln hat,
mög' er's erwähnen unverzagt.
Ich werde einen Ausweg finden.
Komm, Affe, sprich als erster und mit guten
Gründen.
Betrachte diese Tiere und vergleiche schlicht
mit deiner Schönheit nun die ihre.
Bist du zufrieden?» – «Ich?» sprach er. «Weshalb
denn nicht?
Hab nicht auch ich vier Füße wie die andern
Tiere?
Nie hat mein Spiegelbild bisher mich noch beirrt.

Doch meinen Bruder Bär, den hat man nur skizziert.
Wenn er mir glauben will – es wird ihn keiner
                          malen.»
Dann kam der Bär. Man meinte, er beklag' voll
                          Qualen
sich. Doch bei weitem nicht. Er lobte sich gar sehr
und rügt' den Elefanten, sprach, man könnte mehr
verlängern ihm den Schwanz und stutzen ihm
                          die Ohren,
denn er sei wirklich plump und ohne jede Zier.
Der Elefant bemerkte schier
dasselbe, weise wie er war und klug geboren.
Er sagte, seiner Meinung nach
sei die Frau Walfisch viel zu dick.
Die Ameis' fand die Milbe gar zu klein und
                          schwach,
sich selbst jedoch ein prächtiges Stück.
Da schickte Zeus sie heim, die so einander rügten,
und war's zufrieden sehr. Doch unter den Verrückten
stach unsere Art hervor. Da wir, laut des Berichts,
schlau über andere, blind über uns verfügten,
verzeihen wir uns alles, und den andern nichts.
Sich selbst sieht anders man, als man den Nächsten
                          sieht.
Der Schöpfer schuf uns, Glied um Glied,
als Bettler all, die Bösen und die Wohlgesinnten,
die aus vergangnen Zeiten und auch die von heute.
Der Bettelsack für unsre Fehler, der hängt hinten,
und vorn hängt der für all die Fehler andrer Leute.

DER FUCHS, DER WOLF UND DAS PFERD

Ein Fuchs, obzwar noch jung, doch von den schlausten, der
sah einst das erste Pferd in seinem ganzen Leben,
und sprach zu einem recht naiven Wolf: «Kommt
ein Tier grast auf der Au, gar sehr [her,
erlaucht und groß. Verzückt mußt' ich die Blicke
heben.»
«Ist's stärker denn als wir?» sprach da der Wolf
mit Lachen.
«Willst du mir die Beschreibung geben?» –
«Wär' ich ein Maler oder ein Student, würd' machen
ich», sprach der Fuchs darauf, «daß Ihr schon jetzt
des Anblicks fühlt in Euch erwachen. [die Freude
Doch kommt. Was weiß man denn? Vielleicht ist's [eine Beute,
die uns das Schicksal sandte heute!»

Sie gehen. Doch das Pferd, es weidete dort schlicht
und war auf solche Freunde wahrlich nicht erpicht
und dachte aus dem Staube sich zu machen dreist.
«Herr!» sprach der Fuchs, «wir beide, wir erführen
                                 gern,
als Eure sehr ergebnen Diener, wie Ihr heißt.»
Das Pferd jedoch, dem's wirklich nicht gebrach
                                 an Geist,
es sprach: «Lest meinen Namen, denn Ihr könnt's,
                                 Ihr Herrn.
Mein Schuster schreibt ihn auf die Sohlen mir
                                 zumeist.»
Der Fuchs entschuldigt sich: er sei ganz ungelehrt.
«Die Eltern mein», sprach er, «sind schrecklich
                                 arm gewesen.
Mir blieb aus diesem Grund der Schulbesuch
                                 verwehrt.
Doch die des Wolfs sind reich, er lernte folglich
                                 lesen.»
Der Wolf, geschmeichelt, tritt bereit
herzu. Doch seine Eitelkeit,
sie kostet ihn vier Zähne. Denn das Pferd versetzt
ihm einen Schlag. Da liegt nun unser Wolf verletzt
am Boden, blutet, stöhnt und schreit.
«Mein Bruder», sprach der Fuchs, «an diesem hier
was kluge Leut mir mitgeteilt: [erkennt,
Das Pferd, es schrieb Euch auf die Kiefer unverweilt:
Der Weise traut dem allem nicht, was er nicht
                                 kennt.»

DER HIRTE UND DER LÖWE

Die Fabeln sind nicht so, wie sie bisher uns schienen.
Das dümmste Tier kann uns darin als Lehrer dienen.
Die bloße Sittenlehre langweilt nur die Leute.
Das Märchen hüllt die Lehre ein zu unsrer Freude.
In solch verblümter Art lehrt lustvoll man und richtig.
Erzählen aus Erzählfreud scheint mir null und nichtig.
Indem er solchermaßen sich die Zeit vertrieben,
hat manch berühmter Mann auf diese Art geschrieben,
die Breite flohen sie und jedes Zierats Horte,
bei ihnen trifft man auch nie unnütz leere Worte.

So sparsam Phädrus war, daß mancher ihn geschmält,
mit wenig Worten hat Äsop uns viel erzählt.
Es schätzt des Griechen Geist stets den gedrängten
lakonisch kurzer Eleganz.　　　　　[Glanz
Er pflegt die Fabel in vier Verse einzukleiden,
ob gut, ob schlecht, das lass' Berufne ich ent-
　　　　　　　　　　　　　　scheiden.

Sehn mit Äsop wir ihn in einer der Geschichten.
Der sucht vom Jäger, *der* vom Hirten zu berichten.
Ich folge ihrem Plan und dem, wovon er handelt,
indem ich unterwegs drin einiges verwandelt.
So ungefähr hat es Äsop uns aufgeschrieben:

Ein Hirt, dem nicht mehr viel der Schafe übrig
　　　　　　　　　　　　　　blieben,
erwischen wollte er den Dieb in jedem Falle,
zur Höhle geht er hin und prüft die Spuren alle,
spannt Netze für den Wolf, den er als Dieb
Und so versucht er jegliche List.　　[verdächtigt.
«Wenn du, o Jupiter», spricht er, «mir gnädig bist,
daß sich mein gutes Netz des Bösewichts
　　　　　　　　　　　　　　bemächtigt,
und ich auf seinen Fang kann zählen,
will ich aus zwanzig Kälbern wählen
das fetteste und es opfern dir!»
Bei diesen Worten tritt ein Löwe aus der Höhle.
Der Hirte duckt sich und sagt blaß, aus tiefster
　　　　　　　　　　　　　　Seele:

«Daß doch der Mensch nie weiß, was er erfleht
                           allhier!
Wenn ich den Dieb, der manchem Schaf den Hals
                           gebrochen,
in meinen Netzen eingefangen könnte finden,
o Herr der Götter, hab ich dir ein Kalb ver-
                           sprochen.
Ich geb' dir einen Stier, läßt du den Leu ver-
                           schwinden!»

Dies ist die Fabel, die vom ersten Autor stammt.
Der zweite hat ihn nachgeahmt.

DER FUCHS, DIE FLIEGEN UND DER IGEL

Durch seine Blutspur zog ein alter Waldgesell,
   ein Fuchs, verschmitzt und schlau und schnell,
der – jagdverletzt – in einen Sumpf gefallen war,
die Parasiten an, die wir geflügelt kennen
und die wir deshalb Fliegen nennen.
Die Götter klagt' er an und fand es sonderbar,
daß ihn das Schicksal quälen wollt' so unermessen,
und ihn den Fliegen gab zum Fressen.
«Ihr wagt euch, wie! an mich! An mich, den flinksten Gast
von all dem schnellen Waldgetier!
Seit wann sind Füchse denn so gut zum Fressen hier?
Wozu hilft mir mein Schwanz? Ist er nur eitle Last?

Fort, lästiges Geschmeiß! Der Himmel mach
                      euch irr!
Was lebt nicht auf dem Pöbel ihr?»
Ein Igel aus der Nachbarschaft
– er tritt als Neuling hier in Kraft –
der wollte unsern Fuchs von all der bösen Pein
und von dem gierigen Volk befrei'n.
«Ich will auf meine Stacheln hundertfach sie
                      spießen,
o Nachbar Fuchs!» sprach er. «Nichts soll dich
                      mehr verdrießen!»
Da sprach der Fuchs: «Mein Freund, laß es dabei
                      bewenden.
Laß sie, ich bitte dich, die Mahlzeit still beenden.
Sie sind betrunken jetzt. Käm' eine neue Schar,
sie stürzte sich auf mich, wild, wie's die erste war!»

Zu viel Blutsauger sehn wir stets bei ihren Taten.
Die Höflingsscharen hier und dort die Magistraten.
Schon Aristoteles lehrt' dies, es ist bekannt
dem ganzen Volke der Philister,
besonders hier in unserm Land:
Je voller einer ist, je weniger lästig ist er.

DIE TAUBE UND DIE AMEISE

Ein Täubchen einst aus einem klaren Bache
                              trank,
als eine Ameis in das Wasser fiel und sank.
In diesem Meer sah man sie kläglich sich verlieren.
Sie mühte sich umsonst, ans Ufer zu gelangen.
Sogleich begann die Taube Mitleid zu bezeigen.
Den Grashalm, den sie in die Flut warf, konnt'
                                  besteigen
als Vorgebirg die Ameis, die, dem Tod entgangen,
sich rettet. Doch von ungefähr
kommt drauf ein Taugenichts barfüßig dort einher.
Per Zufall führte eine Armbrust mit der Tropf.
Kaum sieht den Venusvogel er,
begrüßt er ihn als Mahlzeit, sieht ihn schon
                                      im Topf.

Dieweil er aber zielte nach der Taube Kropf,
zwickt ihn die Ameis in den Fuß.
Der Tölpel wendet seinen Kopf.
Die Taube nimmt ihn wahr, entkommt noch vor
                              dem Schuß.
Des Taugenichtses Mahlzeit fliegt mit ihr davon.
Der Braten wird ihm nicht zum Lohn.

DER KNABE UND DER SCHULMEISTER

Mit dieser Fabel zeig' ich allenfalls,
daß eines Narr'n Ermahnung nicht genügt.

Ein kleiner Knabe fiel ins Wasser, als
am Seine-Ufer er sich einst vergnügt.
Der Himmel ließ dort eine Weide stehen,
die war, mit Gott, zur Rettung ausersehen.
Als, wie gesagt, das Kind im Astwerk hängt,
kommt grad ein Lehrer dort vorbei. Da fängt
der Knabe an zu schrei'n: «Zu Hilf! Ich gehe
unter!»
Bei diesem Rufe wendet sich der Lehrer munter
und fängt in ernstem Ton zur Unzeit an
das Kind zu tadeln: «Hah! du kleiner Affe!»
spricht er, «da sieht man, was die Dummheit kann!

Aufpassen muß man stets auf dich, du Laffe!
Wie elend Eltern sind, sieht man hier eben:
auf solch Gesindel müssen acht sie geben!
Wie sehr bedaur' ich sie!» – Als er bekannt
gegeben dies, zog er das Kind ans Land.

Ich tadle mehr hier, als man denkt zunächst:
Der Schwätzer, der Zensor, und der Pedant,
sie können sich erkennen in dem Text.
Die dreie sind als großes Volk bekannt.
Gott segnete die Welt mit ihnen. Hegst
du Zweifel? Immer denken sie fürwahr,
wie sie Beredsamkeit entfalten.
Befrei mich, Freund, zunächst aus der Gefahr.
Dann kannst du deine Rede halten.

DAS KAMEL UND DAS TREIBHOLZ

Der ein Kamel als erster fand,
entfloh vor dem neuen Gegenstand.
Der zweite ging ihm nah, dem dritten konnt's
                                gelingen,
ein Halfter dem Tier um den Hals zu schlingen.
So macht Gewohnheit stets uns alles ganz
                                vertraut;
was uns befremdet und wovor uns anfangs graut,
es paßt sich unsern Blicken an,
wenn wir es ständig vor uns sah'n.
Und weil die Rede just auf dieses Thema fällt –
man hatte Leute zum Spähen bestellt.
Nun, sie erschauten was, das schwamm auf hohem
und konnten sich nicht entbrechen,   [Meer
von einem mächtigen Schiff zu sprechen.

Doch bald war's nur ein Boot, es trog ihr Blick
                                    sie sehr,
ein Nachen dann, ein Ballen und nichts mehr,
und schließlich Treibholz, der Wellen Spiel.

Ich kenne auf der Welt der Dinge viel,
die ich auf solche Weise sehe.
Von ferne ist's etwas, doch nichts ist's in der Nähe.

DER VOM MENSCHEN ERLEGTE LÖWE

Man stellte aus ein großes Bild.
Der Maler, der viel Ehrgeiz hegte,
zeigt' einen Löwen, groß und wild,
den kühn ein einziger Mensch erlegte.
Wer's ansah, fühlt' sich als Athlet.
Ein Löwe, der vorbeikam, brachte sie zum
                            Schweigen.
«Ich seh'», sprach er, «hier will man zeigen,
daß man den Sieg euch zugesteht.
Doch konnt' der Maler schlecht euch preisen,
dieweil er Heuchelei sich gönnte.
Viel triftiger würden wir die Übermacht
                            beweisen,
wenn meinesgleichen malen könnte.»

DIE EICHEL UND DER KÜRBIS

Gott tut gut, was er tut. Und ohne
    Forschungsreise,
ob's wirklich so, ob nicht auf dieser ganzen Welt,
fand im Kürbis ich die Beweise.

Ein Bauer die Frage sich stellt,
wie doch die Frucht so dick, zu dünn der Stengel
    fast.
«Woran hat denn», meint er, «der Schöpfer wohl
    gedacht,
daß er den Kürbis hier so schlecht untergebracht?
Fürwahr, an dieser Eiche Ast
hätt' ich ihn festgemacht!
Dahin gehört er ganz ungezwungen;
wie die Frucht, so der Baum, das wäre gelungen!

Wie schade ist's, Garo, daß du gesessen nicht
im Rate deines Herrn, von dem der Pfarrer spricht.
Viel besser wär's! Schaut doch die Eichel in der
                                                      Nähe!
Mein kleiner Finger wird erheblich größer sein.
An den Stiel des Kürbis paßte sie fein.
Gott hat sich geirrt, und wenn ich besehe
die Früchte so gehängt, kann deutlich ich
                                                      entscheiden,
daß man verwechselt hat die beiden.»
Soviel Klugheit ist nicht nach des Bauern Sinn.
«Man schläft gewiß nicht gut, hat man zu viel
                                                    Verstand!»
An einer Eiche Fuß zur Ruh legt er sich hin,
bis eine Eichel fiel und seine Nase fand.
Da wacht er auf und führt die Hand an sein
                                                    Gesicht,
die Eichel hat sich noch in seinem Bart verfangen.
Die wunde Nase macht, daß er jetzt anders spricht:
«Oh, oh, ich blute ja! Und wie wär' mir's ergangen,
trüg' einer Eiche Stamm die Früchte groß und
                                                    schwer
und wenn diese Eichel ein Kürbis wär'!
Gott hat es nicht gewollt, er hatte guten Grund,
Jetzt erst begreif' ich mein Glück!»
Und preisend Gott mit Herz und Mund
kehrt Garo in sein Haus zurück.

DIE BEIDEN FREUNDE

Zwei Freunde lebten einst im fernen Kaffernland,
und was der eine hat, auch seinem Freund gehört:
die Freunde, die man dort unten fand,
sind nicht weniger als unsere wert.
Einmal, als sie des Nachts in tiefem Schlummer liegen,
weil keiner Sonne Schein sie stört bei dem Vergnügen,
da fährt der eine auf, erschreckt des Freundes wegen,
er läuft zu dessen Schloß, er weckt die Dienerschar,
die unter Morpheus' Stab just eingeschlafen war.
Der andre ist erstaunt, er greift nach Börs' und Degen,

tritt aus dem Haus und sagt: «Was hast du
                                angestellt,
daß dir's so eilig ist? Du bist doch sonst ein Mann,
der seine Schlafenszeit vernünft'ger nützen kann.
Hast du vielleicht beim Spiel verloren all dein Geld?
Hier! Nimm! Doch ist's ein Feind, des Groll dir
                                Zank und Streit schafft?
Da ist mein Schwert! Willst du dich nicht dafür
                                entscheiden?»
«Nein», sagt der Freund, «es ist nicht eines von
                                den beiden.
Ich dank' dir für deine Bereitschaft.
Ein wenig traurig schienst du mir, derweil
                                ich schlief,
ich glaubte, es sei wahr, da wurd' ich wach
                                und lief.
Der dumme Traum machte mich verrückt.»

Wes Liebe ziehst du vor? O Leser, laß mich
                                hören;
es ist die Schwierigkeit wohl wert, daß wir sie
                                klären.
Wie doch ein echter Freund des Menschen Herz
                                entzückt!
Er sucht, was du bedarfst, in deiner Seele Grunde,
Er erspart dir, was dich bedrückt,
zu enthüllen mit eigenem Munde,
ein Traum, ein Nichts ihn besorgt und betrübt,
wenn es um den geht, den er liebt.

DIE KATZE, DAS WIESEL
UND DER KLEINE HASE
———

Es raubte eines Hasen Bau
vor Zeiten eine Wieselfrau,
die kannte Ränk und Listen viel.
Der Herr war grad nicht dort, drum hatt' sie
                            leichtes Spiel.
All seine Laren sie zu sich hinüberbrachte,
als er Auroren seine Aufwartung einst machte,
da Tau den Thymian befiel.
Nachdem er hoppelnd dort geweidet, ein und aus,
kehrt unser Hase heim ins unterirdische Haus.
Das Wiesel schaute grad heraus zu einem Fenster.
«Allmächt'ge Götter! Nein! Was seh' ich für
                            Gespenster!»
sprach das aus seinem Vaterhaus vertriebne Tier.
«Heda! Frau Wiesel, mit Verlaub,

macht rasch Euch schweigend aus dem Staub,
sonst ruf' zu Hilf ich alle Ratten im Revier!»
Die Spitznas' gab zur Antwort, es gehör' die Erde
dem, der zuerst sie eingenommen.
Dies Loch sei wert nicht der Beschwerde,
dieweil er selber kriechend nur hineingekommen.
«Und wär' es auch ein Reich des Bunds,
so wüßt' ich gern», sprach sie, «welch Recht Euch
als ewiges Eigentum dies Land,   [zugestand
Euch, Hans, dem Neffen oder Sohn von Hinz und
vor mir, die herrenlos es fand.»   [Kunz,
Der Hase schützte wacker Brauch und Sitte vor.
«Sie sind es», sprach er, «die zum Herrn und
                                    Meister hier
des Hauses mich gemacht, die es in alten Tagen
vom Vater auf den Sohn vererbten und dann mir.
Hat der ein größres Recht, der sich's zuerst
                                    erkor?»
«Nun denn, so hören wir zuvor»,
sprach sie, «was Raminagrobis dazu wird sagen.»
Das war ein Kater, der als frommer Eremit
scheinheilig lebte im Gebiet,
ein heiliger Kater, gut genährt und fett und dick,
Schiedsrichter, schlau und voll Geschick.
Hans anerkennt als Richter ihn.
Und unsre beiden Kläger ziehn
zu diesem feisten Paladin.
«Kommt», spricht der Kater, «tretet näher zu
                                    mir hin,

kommt, meine Kinder, ich bin taub und sehr
                                    betagt.»
Die beiden nähern arglos sich und unverzagt.
Sobald die Kläger aber nicht mehr allzu weit,
schlägt der Apostel sogleich dreist
die Krallen in sie beide und zu gleicher Zeit,
versöhnend sie, indem die beiden er verspeist.

Dies ist vergleichbar den Verhandlungen, die
                                    liefen,
wenn kleine Fürsten auf den König sich beriefen.

DIE RATTE, DIE SICH VON DER WELT ZURÜCKZOG

Ein morgenländisches Märchen lehrt:
Einstmals sei eine Ratte, müd' der irdischen [Sorgen,
in rundem Käse eingekehrt
und hab sich vor der Welt verborgen.
Die Einsamkeit war tief im Haus
und breitete sich ringsum aus.
Der neue Klausner lebte drinnen seinem Ruf.
Mit Füßen und mit Zähnen schuf
in wenigen Tagen sich in seiner Zelle er
die Nahrung und das Obdach. Sagt, was braucht
                                    man mehr? –
Er wurde dick und feist. Gott läßt in Reichtum
                                    leben,
die, welche sich anheim ihm geben. –
Da, eines Tages, kamen her

zum Heiligen Gesandte aus
dem Rattenvolk. Sie sahn in ihm wohl einen
Sie zögen weit in fremde Länder,   [Spender:
um Hilf zu holen gegen aller Katzen Graus.
Belagert sei Ratopolis.
Man hätte ohne Geld sie leider ausgesandt,
denn in dem angegriffnen Land
sei alles dürftig, karg und mies.
Sie bäten nur um wenig, denn die Hilf sei nah;
in einigen Tagen sei sie da.
«Ihr Freunde», sprach der heilige Herr,
«die Dinge dieser Welt, die gehn mich nichts
Wie könnt' ein armer Gottesmann   [mehr an.
euch helfen? Was könnt' andres er,
als beten, daß der Himmel gnädig euch beschütze?
Ich hoffe sehr, daß mein Gebet euch allen nütze!»
Als so der Heilige nach Gebühr
gesprochen, schloß er zu die Tür.

Wen, glaubt ihr, stellte ich hier dar,
in der nicht-hilfsbereiten Ratte?
Den Mönch? – Nein, einen Derwisch, klar!
Ich nehme an, ein Mönch gäb' andern, was er hatte.

DIE BEIDEN STIERE UND DER FROSCH

Zwei Stiere kämpften drum, wer der Besitzer wär'
von einer Färse und dem Reich.
Ein Frosch beklagte dies gar sehr.
«Was hast du?» hub da alsogleich
ein andrer Frosch ihn an zu fragen.
«Ach, siehst du nicht», sprach der verwirrt,
«wie jener Streit dort enden wird?
Der eine Stier wird bald den andern Stier verjagen.
Der wird der blühnden Flur entsagen müssen, und
wenn nicht mehr er regiert das Gras im Wiesengrund,
wird er in unserm Sumpf beherrschen Schilf und Bast,

und mit den Klauen uns zertreten im Morast.
Wir werden einer nach dem andern bei dem
                                        Kampfe
um jene Kuh erfahren, daß man uns zerstampfe.»
Die Furcht war nur zu wohl beraten.
Der eine Stier gab recht ihr gründlich,
barg sich im Schilf zu ihrem Schaden,
zerstampfte zwanzig Frösche stündlich.

Ach! man sieht doch zu allen Zeiten:
Die Kleinen müssen unterm Tun der Großen
                                          leiden.

DER WEIH UND DIE NACHTIGALL

Nachdem der Weih, bekannt als Mörder und
                              als Dieb,
die ganze Nachbarschaft in Aufruhr hatt' versetzt,
ward von den Kindern er des Dorfes fortgehetzt.
Doch eine Nachtigall in seinen Klauen blieb.
Des Lenzes Herold fleht: «Das Leben schenke mir,
und statt zu fressen, was nichts ist als Ton und
                                              Klang,
lausche doch lieber meinem Gesang.
Von Tereus'[1] Leidenschaft und Schuld erzähl'
                                              ich dir.»
«Wer? Tereus? Ist er wohl für einen Weih ein
                                              Fressen?»

[1] Tereus, sagenhafter König, der seine Schwägerin Philomela schändete; sie wurde in eine Nachtigall, er in einen Habicht verwandelt.

«Nein, nein, ein König war's. Noch hab' ich nicht
vergessen
die Missetat, die er mir frevelnd angetan.
Ich weiß ein herrlich Lied davon, o hör es an!
Mein Sang, der alle freut, bestimmt auch dich
Ihr erwidert der Weih voll Hohn: [entzückt.»
«Da wär' ich schön versorgt! Mein leerer Magen
drückt,
und du sprichst von Klang und Ton!»
«Zu Königen sogar!» – «Wenn dich ein König fängt,
dem gefallen bestimmt deine Lieder sehr.»
Der Weih aber lacht und denkt:
«Hungriger Bauch hat kein Gehör!»

DIE DIEBE UND DER ESEL

Um's Diebsgut, einen Esel, stritten sich zwei Diebe.
Der wollt' behalten ihn, der andre ihn verkaufen.
Dieweil es regnete viel Hiebe,
und unsre Kämpen daran dachten, sich zu raufen,
naht noch ein Dieb mit leisem Schritt
und nimmt den Meister Langohr mit.

Oft ist der Esel eine ärmliche Provinz.
Als Diebe nahn ein Fürst, ein Prinz,
ein Böhme oder Ungar oder Türke gar.
Anstatt nur zwei traf dreie ich fürwahr.
Jedoch genug von diesen Dingen.
Das Ländchen zu erobern – keinem mag's gelingen.
Ein vierter Dieb taucht auf, der sie zusammen-
indem den Esel er entreißt.   [schweißt,

DER FESTGEFAHRENE KÄRRNER

Der Kärrner seinen Heuwagen sah
tief in des Weges Schlamm und keine
Hilfe nah;
der arme Mann sich just in der Bretagne befand,
daß ihre Straßen schlecht, ist allgemein bekannt.
Quimper-Corentin heißt der Kreis,
und dorthin, wie man weiß,
lenkt das Geschick die Leut', treibt es mit
ihnen Spott.
Vor solcher Reise bewahr uns Gott!
Und unser Phaeton, gebannt an diesen Ort,
er schreit und schimpft und flucht und ruft
manch Lästerwort,
verwünscht in seinem wilden Toben
die Pferde bald und bald die Löcher im Gelände,

den Wagen und sich selbst am Ende.
Doch schließlich betet er zu jenem Gott dort oben,
der so berühmt durch seine Werke:
«Hilf, Herkules, wenn du das Erdenrund gehoben
und getragen mit deiner Schultern Stärke,
dein Arm mich hier herausziehen kann.»
So lautet sein Gebet, es muß den Gott bewegen!
Und eine Stimme also begann:
«Herkules will, man solle sich regen,
dann hilft auch er; du findest gewiß,
das dich festhält, das Hindernis.
Räum doch von den Rädern weg
den unglücksel'gen Schlamm und den
                            verwünschten Dreck,
der bis zu der Achse sie klemmt.
Die Hacke nimm und brich den Kiesel, der dich
                            hemmt,
die Furche füll! Getan?» – «Ja, ja.» Der Kärrner
                            tut's.
«Nun helf' ich dir», so tönt's. «Laß deine Peitsche
                            knallen!»
«Sieh da, der Wagen rollt; das will mir wohl
                            gefallen!
Gelobt sei Herkules!» – «Du siehst, wie guten Muts
befreit», die Stimme spricht, «sich dein Gespann
                            von hier.
Hilf dir selbst, und der Himmel hilft dir!»

DER GEIZIGE,
DER SEINEN SCHATZ VERLOR

Nur wer die Dinge nützt, besitzt sie ganz wahr-
haft.
Ich frage alle Leute, deren Leidenschaft
es ist, viel anzuhäufen, Schätze zu vergraben,
was sie denn mehr als irgendeiner davon haben.
Dort, der Diogenes ist grad wie sie so reich.
Der Geizige, der in Lumpen lebt, ist jenem gleich.
Der Mensch mit dem verborgnen Schatz, von dem
Äsop – als Beispiel sei er hier gewählt.   [erzählt

Der Unglücksel'ge schien zu harren
wohl auf ein zweites Sein, sich am Besitz zu laben.
Nicht er besaß das Gold, das Gold besaß den
Narren.
Er hatte in der Erde Schoß sein Geld vergraben

und mit dem Gold sein Herz; er war bedacht
auf seinen Schatz bei Tag und Nacht.
Sein Reichtum ward ihm heiliger mit jedem Tag.
Ob er nun kam und ging, ob er nun trank und aß –
man traf ihn immer, wie er tief versunken saß
in Träume von dem Ort, wo's Geld vergraben lag.
Es kam so weit, daß ihn ein Totengräber sah,
den Schatz entdeckte und ihn still von dannen trug.
Leer fand der Geizige eines Tags das Nest allda.
Drauf fing er an zu schreien, seufzte, ächzte, schlug
sich an die Brust mit Recht und Fug.
«Was soll das?» hat zu fragen einer sich erlaubt.
«Man hat mir meinen Schatz geraubt!»
«Den Schatz? Und wo?» – «Grad unter diesem Steine hier.»
«Ja, leben denn im Kriege wir,
daß Ihr so weit ihn trugt? Tät's Euch nicht besser passen,
in Eurem Hause und im Schranke ihn zu lassen,
anstatt mit ihm hierher zu fliehen?
Dort könntet mühlos stündlich Nutzen Ihr draus ziehen.»
«Was, stündlich? Gute Götter! Wie Ihr das versteht!
Kommt denn das Geld, so wie es geht?
Ich hab es nie berührt.» – «Dann sagt mir, auf ein Wort»,
versetzt der andre drauf, «weshalb Ihr so Euch quält.
Da Ihr das Geld nie brauchtet, da Ihr's bloß gezählt,
legt einen Stein an seinen Ort,
er nützt so viel Euch wie das Geld!»

DER BÄR UND DIE BEIDEN KUMPANE

Zwei Kumpane in argen Nöten
verkauften dem Kürschner des Bären Fell;
zwar lebe er noch, der wilde Gesell,
doch, keine Angst, sie würden ihn töten.
Er sei König der Bären, und glaubte man ihnen,
müßte der Kürschner viel Geld verdienen.
Das Fell, die schlimmsten Fröste besiegt es,
zwei Kleider, nicht eins nur, zu füttern,

genügt es.

Dindenault[1] pries nie seiner Lämmer Schar,
wie die beiden priesen das Fell ihres Bären.
Sie sagten «ihres»; was konnt' es sie stören,

---

[1] Dindenault, Figur in Rabelais' Pantagruel, spielt eine Rolle in der Szene der Lämmer des Panurge.

daß der Bär vielleicht anderer Meinung war?
Sie liefern das Fell in längstens zwei Tagen,
man wird handelseins, und nun auf zum
                              Jagen!
Sie finden den Bären, er hebt seine Pranke,
da trifft's die Kumpane mit Blitzesschlage.
Ach, wär' man nur fort, ist ihr einz'ger
                              Gedanke,
und Geld oder Bär kommt nicht mehr in Frage.
Die höchste Tanne erklettert der eine,
dem andern wird's marmorkalt im Gebeine,
legt sich auf die Nase und atmet nicht,
denn kann man es nicht gar häufig hören,
ein Leib, der nicht lebt, sei für einen Bären
nur selten ein verlockend Gericht?
Und Herr Petz, der Tölpel, er fällt hinein.
Der Kerl, denkt er, muß ein Toter sein.
Doch allzu leicht läßt er sich nicht betrügen,
er wendet den Toten hin und her,
beschnuppert ihn gründlich, der dumme Bär,
merkt keinen Atem und läßt ihn liegen.
«Ja, der ist tot; er stinkt doch schon!»
So sagt der Bär und trottet davon.
Der andre Kumpan von der Tanne steigt
und sich zu seinem Gefährten neigt.
«Nun», sagt er, «du bist ja ganz unbeschädigt!
Ein wenig Angst – damit war's erledigt.
Doch sag, wie's um das Bärenfell steht,
das wir zu liefern haben geschworen.

Er hat dich ja hin und her gedreht,
was flüsterte er dir denn in die Ohren?»
«Er sagte, ich konnte es deutlich hören»,
so sprach sein Kumpan, noch ziemlich erregt,
««verkaufe nie das Fell eines Bären,
bevor den Bären du erlegt!›»

DER ESEL UND SEINE HERREN

Beim Schicksal hat ein Esel seinen Herrn
                              verklagt,
den Gärtner, dieser weck ihn vor der Morgenfrüh.
«Die Hähne», sprach er, «krähn umsonst bevor
ich bin noch früher auf als sie.   [es tagt,
Weshalb nur? Weil Gemüse er zum Markte
                              führt.
Ist's nötig, daß deshalb er meinen Schlaf mir stört?»
Das Schicksal, von der Klag gerührt,
gibt einen andern Herrn ihm, und das Tier gehört
nun nicht dem Gärtner mehr, nein, einem Leder-
                              gerber.
Doch das Gewicht der Häute, ihr Geruch, ihr
                              herber,
belästigen gar bald das unverschämte Tier.

«Mein erster Herr», sprach es, «war nicht ein
                                solcher derber
Gesell, und blickt' er nicht nach mir,
erwischte ich – noch weiß ich's wohl –
umsonst und unbezahlt ein Stückchen guten Kohl.
Hier aber find' ich nichts. Und was ich kennenlern',
sind lauter Hiebe bloß.» Bei seinem nächsten Herrn,
den unter Köhlern man ihm kor,
ging's ihm noch schlechter als zuvor.
Es klagt' aufs neu. «Wie!» sprach das Schicksal
                                zornig, «dreist
setzt mir dies Grautier zu, wie nicht
es hundert Herrscher tun zumeist!
Glaubt es, nur es sei unzufrieden? Meint der
                                Wicht,
nur sein Ergehn quäl' meinen Geist?»

Das Schicksal hatte recht. So sind die Leute eben.
Mit unsrer Lage sind wir niemals ganz zufrieden.
Die jetzige würd' gern gemieden.
Wir flehn den Himmel an, er mög' uns Neues geben.
Würd' Zeus auch einem jeden keinen Wunsch
                                versagen,
wir würden doch ihn weiter plagen.

DIE HÜNDIN UND IHRE GEFÄHRTIN

Der Hündin naht ihre Stunde, allein
 sie weiß nicht, wo von der drängenden Last
  sich befrein.
So klug stellt sie's an, daß die Freundin die Hütte
  ihr leiht,
dort schließt sie sich ein und wartet auf ihre Zeit.
Nach einigen Tagen kommt die Freundin zur
  Hütte,
da fleht die Hündin um weit're zwei Wochen,
ihre Kleinen sei'n noch kaum herumgekrochen!
Nun denn, erfüllt wird ihre Bitte.
Die Freundin glaubt, als die Frist verstrichen war,
daß sie ihr Haus zurückerhält.
Die Hündin dieses Mal die Zähne fletscht und
  bellt:

«Ich bin bereit zu gehn mit meiner ganzen Schar,
wirst du aus dem Haus uns schmeißen!»
Doch die Jungen können schon beißen!

Was man den Bösen gibt, bereut man jederzeit,
denn will man zurück, was man ihnen leiht,
so geht es nicht anders als mit Gewalt,
da kommt's zu Prozessen und Klagen,
denn laßt ihr sie nur einen Fußbreit erjagen,
dann haben sie vier Fußbreit bald.

DER RATTEN RATSVERSAMMLUNG

Ein Kater, Nagespeck genannt,
schuf allen Ratten solche Niederlagen,
daß beinah keine mehr man fand,
weil viele endeten in dieses Katers Magen.
Die übrigblieben, wagten kaum sich aus dem Loch,
und fanden bloß ganz wenig auch zu essen noch.
Das unglückselige Volk sah Nagespeck nicht mehr
als Kater an, als Teufel eh'r.
Als eines Tags der Böse dann
auf Freiersfüßen ging und schlau
das Hochzeitsfest beging mit seiner neuen Frau,
beraumten jene Ratten ein Kapitel an,
um Rat zu halten in der Not.
Sogleich stellt' ihr Dekan, der klug war, das Gebot

auf, daß man nicht erst später, nein, gleich auf
                              dem Fleck,
ein Glöcklein binde um den Hals des Nagespeck.
Damit, wenn er auf Beute zöge,
es allen künde, daß man eiligst fliehen möge.
Ihm falle sonst kein Mittel ein. –
Mit dem Dekane stimmte jeder überein.
Der Rat schien ihnen allen heilsam, wohlgetan.
Die Schwierigkeit war nur: Wer hängt das
                              Glöcklein um.
Der eine sprach: «Ich tu' es nicht. Bin nicht so
                              dumm.»
Ein andrer: «Wüßt' nicht wie!» So daß am Ende
                              man
nichts tat und auseinanderging. Ich sah
schon viel Kapitel, wo auch nichts geschah,
Kapitel, nicht von Ratten, nein, von Mönchen,
                              klar,
ja, solche von Domherren gar.

DAS LEICHENBEGÄNGNIS DER LÖWIN

Des Löwen Gattin fand den Tod.
 Sogleich kam jeder und entbot
dem Fürsten eilig und gewandt
Beileidsbezeugungen und Trostesworte, deren
Gewicht die Trauer nur vermehren.
Da ließ er kundtun seinem Land,
an welchem Tag und welchem Ort
die Leichenfeier stattfänd'. Propste wären dort,
die Zeremonien zu reglieren,
und die Gesellschaft zu placieren.
Ein jeder kam. Die Fabel lehrt's.
Der Fürst ließ freien Lauf dem Schmerz.
Schrei'n füllt' die Höhle allerwärts.
Ein Leu hat keinen andern Tempel.
Man hörte, nach des Leus Exempel,

auf ihre Weise schrei'n des Hofes ganze Meute.

Ein Hof, das ist ein Ort, an dem stets alle Leute,
ob träg, ob eifrig, ob man klagt, ob man sich freute,
sind, wie der Fürst es liebt. Und können sie's
                              nicht sein,
so wahren mindestens sie den Schein.
Ein wandelbares Volk, nachäffend, groß und klein.
Es ist, als ob *ein* Geist die tausend Leiber leite,
denn dort sind alle bloß noch Teile einer Meute.

Um zu beenden die Geschichten:
Der Hirsch, er weinte nicht. Er konnte es mit-
                              nichten,
da dieser Tod ihn rächte. Denn die Löwin hatt' ihn
beraubt des Sohns und auch der Gattin.
Er weinte also nicht. Ein Schmeichler ging
er hätt' sehn lachen den Beraubten.   [behaupten,
Des Fürsten Zorn ist schrecklich, sagt schon
                              Salomon.
Besonders war es der des Löwen nach dem Hohn.
Jedoch der Hirsch war nicht so dumm, wie viele
                              glaubten.
Der Herrscher sprach zu ihm: «Elender Gast
                              der Wälder,
du lachst! Folgst nicht den Klagestimmen durch
                              die Felder!
Wir wollen nicht dein ruchlos Herz mit heiliger
zerreißen. Kommt, ihr Wölfe, ihr,   [Kralle

und rächt die Fürstin, würget hier
den Schänder ihrer Manen, alle!»
Da sprach der Hirsch: «O Sire, der Tränenzeit
                            sind Grenzen
gesetzt. Sie ist vorbei. Der Schmerz ist unnütz jetzt.
Denn Eure edle Hälfte, ruhend unter Kränzen,
erschien mir, wo sie stand zuletzt;
ihr Anblick hat mich sehr ergötzt.
Sie sprach: Mein Freund, hab acht, daß dieser
                              Leichenzug
dich nicht zu Tränen rührt. Ich geh' ein zu
                              den Sonnen.
In seligem Gefild genieß' ich tausend Wonnen,
mit Heiligen redend, welche gut wie ich und klug.
Wenn nur der König tiefe Trauer um mich trug,
so freu' ich mich!» Kaum hatt' vernommen man
                              den Plunder,
begann man laut zu schrei'n: Apotheose! Wunder!
Der Hirsch ward reich beschenkt, und nicht be-
                              straft dabei.

Erfreut mit Träumen Eure Fürsten
und schmeichelt ihnen, die nach holden Lügen
                              dürsten.
Ob auch ihr Herz erfüllt mit lauter Ärger sei,
so seid ihr doch ihr Freund. Sie lieben
                              Schmeichelei.

DER WOLF, DER ZUM SCHÄFER WURDE

Ein Wolf, der mählich nur noch wenig Schafe fraß
aus seiner Nachbarschaft im Wald,
gedachte, wie ein Fuchs, mit List zu ändern das
in neuer, anderer Gestalt.
Er kleidet sich als Schäfer, zieht die Joppe an,
schnitzt einen Hirtenstab sich dann,
denkt an den Dudelsack dabei.
Und daß die List vollkommen sei,
hätt' gern er an den Hut geschrieben: «Ich gebärde
fortan wie Guillot mich, der Schäfer dieser Herde.»
Nachdem er so sich neugestaltet,
und seine Vorderpfoten um den Stab gefaltet,
naht sich der falsche Guillot sanft dem
                                      Weidegrund.
Guillot, der echte Guillot, der im Grase lag,

schlief damals tief. Und auch sein Hund
schlief so wie er, und schlafend lag der Dudelsack.
Die meisten Schafe schliefen ebenfalls im Rund.
Der Heuchler ließ sie schön in Ruh.
Denn um die Lämmer weg in seine Burg zu lügen,
gedachte er dem Kleid das Wort hinzuzufügen;
er glaubte fest, daß not dies tu'.
Doch das verdarb ihm seinen Streich.
Er ahmte schlecht nur jenes Hirten Stimme nach,
der Ton, in dem er sprach, rief alle Wälder wach.
Kund wurde sein Geheimnis gleich.
Denn alle wachten auf verwirrt,
der Hund, die Lämmer und der Hirt.
Der arme Wolf, als alle schrien,
konnt' aus der Joppe nicht entwischen
und weder wehren sich noch fliehn.

Stets lassen sich die Schurken irgendwie erwischen.
Wer Wolf ist, soll als Wolf sich geben.
Das ist das Sicherste im Leben.

DER JUNGE HAHN,
DIE KATZE UND DAS MÄUSCHEN

Ein junges Mäuschen, das noch nichts gesehn [gehabt,
ward unversehens fast ertappt.
Hört, wie's der Mutter vom Erlebnis gab Bericht:

«Als ich die Landesgrenzen überschritten hatte
und ging, wie eine junge Ratte,
die auf Karriere ist erpicht,
da fielen meine Blicke auf zwei Tiere plötzlich.
Sanft war das eine und ergötzlich.
Das andre, ungestüme, hielt sich niemals still,
und seine Stimm war rauh und schrill;
an seinem Kopf stand Fleisch hervor;
mit etwas wie zwei Armen hob es sich empor,
als wollt's die Luft durchfliegen, husch.
Sein Schwanz war wie ein Federbusch.»

Natürlich war's ein Hahn, den so in bunten Bildern
das Mäuschen wollt' der Mutter schildern,
als wär' ein Tier er aus Amerika. Es sprach:
«Es schlug die beiden Seiten mit den Armen sich
und machte Lärm, so fürchterlich,
daß ich, dem Gott sei Dank an Mut es nie gebrach,
voll Furcht ergriffen hab die Flucht,
und es von Herzen hab verflucht.
Ansonst hätt' kennen ich gelernt
das Tier, das also sanft und hold erschienen mir.
Es ist so sammetweich wie wir,
gefleckt, mit langem Schwanz, von Ungestüm
                                      entfernt,
mit weichem Blick, obwohl er leuchtete und wie!
Ich glaub', es hat viel Sympathie
zu den Herrn Ratten. Denn auch seine Ohren
nicht ab von denen unsresgleichen.   [weichen
Ich wollte mich ihm nahn, als laut das andre schrie,
worauf ich eiligst bin geflohn.»
«Mein Sohn», sprach da die Maus, «das war die
mit heuchlerischer Miene schon   [Katze, die
so viele unter uns verspeist
und uns sehr übel will zumeist.
Das andre Tier, im Gegenteil,
bringt nie uns irgendwelch Unheil,
und wird uns eines Tags als Speise wohl gegeben.
Jedoch der Katze fallen einstmals wir zur Beute.
Urteile nie in deinem Leben
nur nach dem Aussehn über Leute.»

DIE WÖLFE UND DIE SCHAFE

Nach mehr als tausendjährigem Krieg, der sie verheert,
da schlossen mit den Schafen alle Wölfe Frieden.
Für beide Teile war's vermutlich gut hienieden.
Denn, wenn die Wölfe manch verirrtes Schaf verzehrt,
ward aus dem Wolfspelz manchem Hirt ein Kleid beschieden.
Nie herrschte irgend Freiheit, weder auf den Triften,
noch dort, wo Wölfe Blutbad stiften.
Sie alle konnten zitternd nur sich freu'n im Grunde,
drum schloß man Frieden. Geiseln forderten die Schriften:

von Wölfen ihre Brut, von Schafen ihre Hunde.
Der Austausch ward vollzogen, frei nach dem
                            Verfahren,
und festgesetzt von Kommissaren.
Nach einiger Zeit jedoch – da alle Wölflein alt
und groß und voller Lust, ein Lamm zu morden,
                            werden –
benützten sie die Zeit, da fern von ihren Herden
die Hirten ruhten tief im Wald,
und würgten von den fettsten Lämmern
                            mannigfalt.
Die schleppten sie im Maul zum Wald, wo sie
                            sich stärkten,
worauf ganz heimlich sie ihr Volk zusammenriefen.
Die Hunde, die, dem Frieden trauend, arglos
erwürgte man, eh sie entliefen.   [schliefen,
Dies alles ward so rasch getan, daß kaum sie's
                            merkten.
Zerstückt ward alles, nichts entging dem wilden
                            Haß.

Wir können daraus schließen, daß
man alle Bösen immerfort bekriegen muß.
Der Friede ist an sich ein Segen,
ich weiß. Jedoch, was nützt am Schluß
mit Feinden er, die Untreu pflegen?

DER ADLER, DIE WILDSAU UND DIE KATZE

Ein Aar hegt' seine Brut auf einem hohlen
Baum,
am Fuß des Baums ein Wildschwein, und im Raum
dazwischen eine Katze. Ohne zu behindern
sich, spielten solcherweis die Mütter mit den
Kindern.
Die schurkische Katze dieser Eintracht Halt gebot.
Sie kletterte zum Aar und sagte: «Unser Tod,
(zum mindsten der der Brut, den auch die Mütter
teilen)
wird uns fürwahr alsbald ereilen.
Seht Ihr, wie uns zu Füßen unaufhörlich dies
verwünschte Wildschwein wühlt, um einen Gang
zu graben?
Die Eiche zu entwurzeln tut es dies gewiß.

Bald wird es unsre Brut zugrund gerichtet haben.
Denn – fällt der Baum, zerquetscht er alle unsre
das will mir völlig sicher scheinen.   [Kleinen,
Wenn mir nur eines blieb, wär dies mein Trost
          hinfort.»
Nachdem sie so mit Schreck erfüllte diesen Ort,
da klettert unsre schurkische Katz
zu jenem Platz
hinunter, wo das Wildschwein ruhte.
«O Freundin, Nachbarin, Ihr Gute»,
sprach flüsternd sie, «ich werde gleich Euch
          etwas sagen.
Geht aus Ihr, wird der Aar an Eure Brut sich wagen.
Doch sagt es niemand, mir zum Glück,
sonst würd' sein Zorn auf mich geleitet!»
Nachdem sie so auch hier den Schrecken hat
          verbreitet,
zieht sich die Katz ins Loch zurück.
Der Aar wagt keinen Flug, nährt nicht mehr seine
          Kinder,
und auch das Wildschwein tut's nicht minder.
Die Dummen sehen nicht – verwirrter als ein
          Blinder –
daß ganz zuerst der Hungersnot sie steuern
          sollten.
Hartnäckig bleiben sie zu Hause unbescholten,
weil jedes auf die Art die Brut zu retten glaubte:
der Aar, falls ihr der Sturz gegolten,
das Wildschwein, falls der Aar sie raubte.

Sie starben alle Hungers, niemand blieb zurück,
kein einziges Wildschwein und kein Adler, nicht
Den Tod fand beider Arten Brut.   [ein Stück.
Den Katzen kam dies sehr zugut.

Was hat doch die verräterische Zunge nicht
für schrecklich Unheil angericht't!
Von allem Unglück, welches aus
Pandoras Büchse jemals fällt,
ist doch die Schurkerei das, was die ganze Welt
verabscheu'n sollte voller Graus.

DER FUCHS, DER AFFE UND DIE TIERE

Die Tiere sollen bei des Löwen Tod
– er war, so lang er lebte, Fürst im Lande –
beraten haben, wie's die Wahl gebot.
Die Krone neben der Schatulle stand.
Ein Drache hütete sie sehr gefaßt.
Doch als man jedem sie probierte, fand
man, daß sie unter ihnen keinem paßt'.
Bei vielen war der Kopf zu schmal, und bei
verschiednen allzu dick und voll Geweih.
Der Affe setzte sie sich auf mit Lachen;
vergnügt begann Grimassen er zu machen
und scherzte, als die Krone er probierte,
wobei er froh sich wand und dumm sich zierte.
Er setzte sie wie einen Faßreif auf.
Die Tiere fanden dies so schön, daß drauf

sie ihn erwählten. Jedes zollt' ihm Ehr.
Den Fuchs bloß reute diese Wahl gar sehr,
doch zeigte sein Gefühl er nicht und wagte
vorm Fürsten sich zu neigen gar und sagte
zum König: «Sire, ich kenne ein Versteck,
ich glaub', kein andrer ist, der es entdeck'.
Doch jeder Schatz gehört nun früh und spät
laut dem Gesetze Eurer Majestät.»
Der neue König hungerte nach Gold.
Er lief, auf daß der Schatz ihm nicht entgangen.
Es war ein Hinterhalt: Er ward gefangen.
Da sprach der Fuchs für alle sanft und hold:
«Willst du noch immer unser Herrscher sein?
Du weißt nicht mal, wie man sich selber führt!»
Er wurde abgesetzt, und man kam überein,
daß eine Krone wenigen nur gebührt.

DER RABE, DER DEN ADLER
NACHAHMEN WOLLTE
———

Der Vogel Jupiters ergriff ein Schaf sich schlicht.
Ein Rabe sah beim Raub ihm zu.
Zwar war er weniger stark, doch weniger gierig nicht.
Ein gleiches wollt' er tun im Nu.
Sehr schlau er um die Herde strich,
aus hundert Schafen wählt' das fettste, schönste sich
der dann, ein wahres Opfertier.
Man hatt' es aufgespart, den Göttern es zu weih'n.
Der kühne Rabe sprach – und hütete es fein –:
«Ich weiß nicht, wer dich aufzog hier;
allein, dein Körper scheint mir gut genährt und brav;
als Speise sollst du dienen mir.»
Mit diesen Worten stürzt' herab er sich aufs Schaf,
das blökend dastand. Doch das Tier
wog mehr als nur ein Käse. Seine Wolle war

von solcher Dichte, so extrem
verworren und verfilzt, wie einst das lockige [Haar
im langen Bart des Polyphem.
Sie wickelt sich so sehr um unsres Raben Fänge,
daß dieses arme Tier nicht mehr entkommen
           kann.
Der Hirte naht und fängt's, sperrt's in des Käfigs
           Enge
und schenkt es seinen Kindern als ein Spielzeug
           dann.

Man wisse um sein Maß. Dann kennt die
           Folgen man.
Ein kleiner Dieb bleib stets von großem Diebstahl
           fern.
Dies Beispiel zeigt euch die Gefahr:
Die Leutefresser sind nicht alle große Herrn.
Wo einst die Wespe fortflog, bleibt die
           Mückenschar.

DIE GRILLE UND DIE AMEISE

Lustig eine Grille sang
sommerlang.
Als die kalten Winde wehten,
war sie drum in argen Nöten,
keine Fliege, keinen Wurm
fand sie im Oktobersturm,
und mit ihrem leeren Magen
ging sie zur Ameise klagen.
«Möchtest du so gütig sein
und mir ein paar Körner leih'n?
Ich bezahle – keine Angst –
was du nur dafür verlangst
vor August, nach Grillenbrauch,
Kapital und Zinsen auch.»
Die Ameise ungern leiht

– mag man's tadeln oder loben –
«Was», so fragt sie sehr von oben,
«tatst du in der heißen Zeit?»
«Hab mit Singen mich ergötzt,
nichts für ungut, allerwegen.»
«Wie? Mit Singen? Meinen Segen!
Schön, so tanze jetzt!»

DER BAUER, DER HUND UND DER FUCHS

Der Wolf und auch der Fuchs sind schlechte
                          Nachbarn, schau!
Ich würd' in ihrer Nähe nie mir bau'n ein Haus.
Der Fuchs, er blickte allzeit aus
nach Hühnern eines Bauern; doch, obwohl er schlau,
konnt' das Geflügel doch er nimmermehr erreichen.
Begierde einerseits und andrerseits Gefahr,
sie setzten in Verlegenheit den Fuchs fürwahr.
«Wie denn!» sprach er. «Ein Pack dergleichen,
das lacht mich Armen straflos aus!
Ich mühe mich zum Steinerweichen,
denk' hundert Listen aus. Der Bauer sitzt zu Haus
und macht aus allem Geld, verkauft geflissentlich
Geflügel und Kapaune, häuft sich Reichtum an.
Wenn ich, der einst'ge Meister, einen alten Hahn

erwisch', bin schon glückselig ich.
Wozu hat Vater Zeus mich eigentlich erkoren
zu dem Beruf als Fuchs? Ich schwöre bei der Macht
des Styx und des Olymp – dies kommt euch noch
Als so auf Rache er bedacht, [zu Ohren!»
wählt eine Nacht er aus, die still und schlummer-
　　　　　　　　　　　　　　trunken.
Ein jedes Wesen war in tiefen Schlaf versunken.
Der Herr des Hauses und die Knechte, selbst
　　　　　　　　　　　　der Hund,
die Hühner, Küken und Kapaune, alles schlief.
Doch ging dem Bauern etwas schief:
Der Hühnerhof stand offen, und
der Dieb nahm wahr die günstige Gelegenheit.
Er raubt ihn aus, erfüllt mit Mord ihn weit und
Das Zeichen seiner Grausamkeit [breit.
tat kund sich in der Früh: der Hof, er überbordet
von Leichen, blutig hingemordet.
Es fehlte wenig, und es wär'
die Sonn' vor Grau'n zurück ins Meer hinab-
So übersäte mit dem Heer [geschieden.
der Toten, voller Ingrimm gegen den Atriden,
Apoll sein Schlachtfeld; beinah hätt' er umgebracht
das ganze Griechenheer in einer einzigen Nacht.
So machte Ajax, ungeduldig,
weit um sein Zelt herum sich schuldig,
als Schafe er und Böcke grausam hingeschlachtet
im Glauben, *so* werd' der Odysseus umgebracht,
er und des Unrechts Übermacht,

das jenen hatt' mit Ruhm befrachtet. –
Der Fuchs, ein zweiter Ajax, nimmt von Hühner-
                                   stiegen
so viel er kann, mit sich und läßt die andern liegen.
Der Bauer konnt' nur noch mit Tadel überhäufen
die Knechte und den Hund. Gewöhnlich ist's
                                   so Brauch.
«Oh, du verfluchtes Vieh, man sollte dich
                                   ersäufen.
Was hast du nicht gebellt von Anfang an,
                                   du Gauch!» –
«Was habt Ihr's nicht verhütet? Rascher tätet's Ihr.
Wenn Ihr, der Meister, den das alles angeht hier,
einschlieft, ganz unbesorgt, ob zu sei jene Tür,
wollt Ihr, daß ich, der Hund, der gar nichts kann
                                   dafür,
Euch ohne jeden Vorteil opfre meinen Schlaf?»
Der Hund sprach sehr gerecht und brav.
Sein Wort, es hätt' mit gutem Grund
gepaßt in eines Meisters Mund.
Doch, da ein Hund sich bloß gewehrt,
fand man, die Rede sei nichts wert.
Den Armen peitschte aus man dreist.
Und du, Familienvater, wer du immer seist
(ich tat um diese Ehre niemals dich beneiden),
du sollst im Schlaf auf andre bauen stets vermeiden!
Drum geh als letzter schlafen, schließe zu das Tor.
Und kommt dir etwas wichtig vor,
so sollst du ganz allein entscheiden.

DER HOF DES LÖWEN

Der König aller Tiere wollte einst erfahren,
wie seine Untertanen rings beschaffen waren.
Als Abgeordnete bestellt'
zu sich er mancherlei Vasallen,
und sandte aus in alle Welt
ein Zirkular den Tieren allen.
Versiegelt war's, und darin stand,
der König halte Hof im Land,
vier Wochen in des Schlosses Hallen.
Am Anfang gäb's ein Festbankett
und hernach Possen und Ballett. –
Indem er solche Pracht ließ ahnen,
tat kund der König seine Macht den
                            Untertanen.
Er lud sie ein ins Königsschloß.

Ein Schloß? Ein Fleischhaus eh'r, denn der
                    Gestank war groß
und drang den Leuten in die Nase, die der Bär
sich zuhielt. Hätt' er's nicht getan, wär' klüger er.
Denn die Grimasse ärgerte den Fürst. Voll Wut
entsandt' er ihn zu Pluto; dorthin paßt er gut.
Der Affe billigte des Königs strengen Mut.
Als echter Schmeichler lobte er des Königs Zorn,
die Pranken und die Höhle, den Geruch der Luft.
Nicht Ambra und nicht Blumenduft
sei so betörend. Seine dumme Schmeichelei
bracht' ihm nur Mißerfolg und Strafe noch dabei.
Es herrschte dieser Löwe da
nicht anders als Caligula.
Da nahte sich der Fuchs. «Nun», sprach sein Herr,
                    «bezwinge
dich, sag, was riechst du hier? Sprich un-
                    konventionell!»
Doch der entschuldigte sich schnell:
Er hab Katarrh, was ihn um den Geruchssinn
                    bringe.
Na kurz: er zog sich aus der Schlinge.

Dies diene euch zu eurer Lehr:
Wenn ihr bei Hofe zu gefallen wollet hoffen,
dann seid nicht blöde Schmeichler und auch nicht
                    zu offen,
und achtet drauf: Schlau sei die Antwort, und
                    zwar sehr.

DER ESEL UND DER HUND

Man muß sich helfen; so gebietet's die Natur.
Der Esel ließ dies außer acht.
Ich weiß nicht, was er sich gedacht;
sanft ist sonst diese Kreatur.
Einst zog durchs Land er – ihn begleitete ein Hund –
gedankenlos und ernsthaft, und
den beiden folgt' ihr Herr alsdann.
Der Herr schlief ein. Der Esel fing zu weiden an.
Er stand in einer Wiese drin,
das Gras war sehr nach seinem Sinn.
Zwar war's kein Distelkraut, doch ward ihm drum nicht bang.
Man darf nicht immerdar so wählerisch sich zeigen.
Ein Festmahl, sei's auch noch so eigen,
es dauert selten endlos lang.

Das Grautier übt' für dieses Mal
Verzicht. Der Hund jedoch, vor Hunger leichenfahl,
er sprach: «Mein lieber Freund, laß dich herab,
                           ich bitte,
damit ich aus dem Brotkorb mir entnehm'
                               mein Mahl.»
Niemand gab Antwort. Daß dem Esel nicht
ein Bissen in dem Augenblick,   [entglitte
da er bedächt' des Hunds Geschick,
stellt sich das Grautier einfach taub.
Doch schließlich gab es Antwort: «Lieber Freund,
                            ich glaub',
du solltest warten, bis der Herr sich ausgeruht.
Wenn er erwacht, ernährt er reichlich dich und gut
mit dem, was dir beschieden er.
Er tut es nun gewiß gar bald.» –
Drauf tritt ein Wolf aus dunklem Wald
und nähert sich. Auch dieses Tier ist hungrig sehr.
Der Esel ruft sogleich den Hund zur Hilf herbei.
Doch dieser rührt sich nicht und spricht: «Mein
                          Freund, ich rat'
dir, fliehe, bis der Herr sich ausgeschlafen hat.
Er tut's gewiß gar bald. Drum lauf nur frisch und frei.
Und wenn der Wolf dich packt, zerbrich ihm
                            das Gebiß.
Man hat dich neu beschlagen. Glaube mir gewiß:
Du streckst ihn nieder!» Während er dies sagte, ei,
erwürgt' der Wolf den Esel zu derselben Frist.
Mir scheint, daß gegenseitige Hilfe nötig ist.

DAS SCHWEIN, DIE ZIEGE UND DAS SCHAF

Ein Schaf und eine Ziege und ein fettes
                          Schwein –
zum Jahrmarkt zogen sie vereint auf dem Gefährt.
Nicht zum Vergnügen führte man sie querfeldein.
Man wollt' verkaufen sie, wie die Geschichte
                            lehrt.
Der Fuhrmann hatte nicht im Sinn
zu bringen sie zum Zirkus hin.
Das Schwein hat unterwegs geschrien,
als hätte hundert Schlächter auf dem Hals es heute.
Es war ein Lärm, um taub zu machen Mensch
                             und Vieh.
Die andern Tiere, sanfte Wesen, gute Leute,
verwunderten sich sehr, weshalb um Hilf es schrie.
Nicht droht' Gefahr von irgendwo.

Der Fuhrmann sprach zum Schwein: «Weshalb nur
                              schreist du so?
Du machst uns ganz verwirrt. Was gibst du denn
                              nicht Ruh?
Die beiden hier, die sind vernünftiger als du.
Von ihnen könntst du mindstens schweigen
                              lernen, Tor!
Sieh dieses Schaf! Sein einziges Wörtlein, es
                              vergißt's.
Denn es ist klug!» – «Ein Dummkopf ist's!»
gab's Schwein zurück. «Denn wüßt' es, was ihm
                              steht bevor,
so schrie, wie ich, es jetzt aus voller Kehle los.
Und auch das andre gute Tier,
es schrie, so laut es könnt', mit mir.
Sie denken, daß man sie entlasten wolle bloß:
die Ziege von der Milch, das Schaf von seinem Vlies.
Ich weiß nicht, haben recht die beiden.
Mich kann man nur gebraten leiden,
drum scheint mir auch mein Tod gewiß.
Ich muß von Haus und Dach nun scheiden!»

Voll Scharfsinn hat das Schwein die anderen
                              gemahnt.
Jedoch, was nützt' es ihm? Wenn Unglück ist
                              bestimmt,
hemmt weder Klag noch Furcht den Lauf, den
                              's Schicksal nimmt.
Der Weiseste ist der, der nichts von allem ahnt.

DIE FRÖSCHE, DIE EINEN KÖNIG HABEN WOLLEN

Die Frösche waren nicht länger erbaut
   von ihrer Demokratie
und quakten so lang und so laut,
bis Zeus ihnen gewährt das Glück der Monarchie.
Vom Himmel fiel herab ein König unter sie,
zwar friedlich, doch mit solcher Gewalt,
daß die Sumpfbewohner, ob jung ob alt,
dumme, ängstliche Wesen,
sich ohne viel Federlesen
verbargen davor
im Wasser und im Rohr,
in den schlammigen Höhlen,
dort harrten furchtsam sie: «Was wird er uns
                                       befehlen?»
Sie wagten kaum zu schauen des Riesen Angesicht.

Nun denn, es war ein Stamm und mehr nicht.
Doch dieses Stamms Gewicht schüchtert den
der neugierig riskiert sein Leben.   [ersten ein,
Wie mag wohl der neue König sein,
fragt er und naht mit Zittern und mit Beben,
ein zweiter folgt, bald trotzt ein dritter der
nun ist es schon eine ganze Schar,   [Gefahr,
es wächst der Mut, sie sind zutraulich im Verein,
dem König springen sie auf die Schulter keck.
Der Gute duldet's still und jagt sie auch nicht
                                          weg.
Und abermals wird Zeus vom Fröschevolk
                                       geplagt.
«Gib einen König uns, der sich bewegt», es quakt.
Da hat der Götterfürst den Storch zum Herrn
                                       ernannt,
der knackte die Frösche, die er fand,
und schluckte sie mit Behagen.
Und wieder die Frösche klagen.
Doch Zeus: «Glaubt ihr vielleicht, es müsse euch
uns eure Wünsche aufzuzwingen?   [gelingen,
O hättet ihr alles gelassen beim alten
und eure Demokratie behalten!
Doch tatet ihr es nicht, warum hat nicht genügt
der sanfte König, den ich euch zuerst beschieden?
Gebt euch jetzt mit diesem zufrieden
aus Angst, daß ihr noch Schlimmeres kriegt.»

DER FALKE UND DER KAPAUN

Gar oft tut eine trügerische Stimm' dir kund:
Beeile dich in keinem Falle.
Er war kein Narr, nein, nein, ihr könnt's mir [glauben alle,
des Jean de Nivelle treuer Hund.

Einst wurde ein Kapaun in Mans dazu ermahnt,
er soll' erscheinen dort, wo waren
versammelt seines Meisters Laren,
vor jenem Tribunal, das uns als Herd bekannt.
Die Leute taten ihm's, den Grund verhehlend, kund
und riefen: «Kleiner! Komm!» Voll Mißtraun
                              aber ließ
achtlos das schlaue Tier sie alle rufen dies.
«Eu'r Diener!» sprach es dann. «Die Lockung ist
                            zu mies.

Ihr kriegt mich nicht, mit gutem Grund!»
Derweilen sah ein Falke, sitzend auf der Stangen,
wie der Kapaun aus Mans voll Bangen
entfloh. Kapaunen ist das Mißtraun lieb wie
instinktgemäß und aus Erfahrung.   [Nahrung,
Die Leute gaben Müh sich sehr ihn einzufangen.
Er sollt' am nächsten Tag bei einer Mahlzeit
                             prangen
in einer Schüssel. Auf die Ehre hätt' das Tier
fürwahr recht gut und gern verzichtet.
Der Falke sprach: «Daß du so kläglich unter-
                             richtet
bist, wundert mich. Ihr seid doch Lumpenkerle, ihr,
geistloses, plumpes Volk, das nie was lernen tut.
Ich kehre nach der Jagd zum Herrn zurück sofort.
Siehst du ihn nicht am Fenster dort?
Er wartet. Bist du taub?» – «Ich höre nur zu gut!»
entgegnet der Kapaun. «Was will er kund mir
                             tun?
Und jener Koch, bereit, daß er das Messer zücke?
Kämst du zu diesem auch zurücke?
Laß fliehn mich. Lach nicht länger nun
hier über meine Unbelehrsamkeit, die weit
mich fliehen heißt, wenn man so eifrig nach mir
Sähst täglich du, wie ich, voll Beben,   [schreit.
den Bratspieß so viel Falken wenden,
wie ich Kapaune seh' verenden,
würdst gegen mich du solchen Vorwurf nicht
                             erheben!»

DER FUCHS UND DIE TRAUBEN

Ein armer Fuchs, vor Hunger wimmernd,
reife Trauben erschaut,
mit samtiger Haut,
goldgelb durch grüne Blätter schimmernd.
«Die würden», meint der Fuchs, «zu jedem Festmahl passen.»
Doch hängen sie zu hoch, drum sagt er sehr
gelassen:
«Sie sind zu sauer für meinen Magen!»

War das nicht klüger, als sich zu beklagen?

DER WOLF UND DAS LAMM

Das Recht des Stärkern ist das bess're Recht,
wer das nicht weiß, der kennt das Leben
schlecht.
Ein Lämmlein steht an Baches Rand,
erfrischt sich an der klaren Flut,
da kommt der Wolf mit wilder Wut
und froh, daß er ein Opfer fand.
«Du trübest mein Getränk, das wird dich reuen!»
So brüllt der Wolf es an mit wildem Dräuen.
«Auf solcher Keckheit schwerste Strafe steht!»
«Oh, Herr», beginnt das Lamm, «wenn deine Majestät
statt zu glauben, ich wollte sie kränken,
würde lieber gütigst bedenken,
daß ich trinke und bade
am Gestade

zwanzig Schritte unterhalb von ihr,
und somit – wenn deine Gnaden belieben –
deinen Trunk nicht vermöchte zu trüben.»
«Du trübst ihn», wiederholt das grausame Tier.
«Und du hast mich verleumdet im vorigen Jahr!»
«Wie sollt' ich, da ich noch nicht geboren war?
Auch heute nährt meine Mutter mich noch.»
«Warst du's nicht, so war es dein Bruder doch.»
«Ich habe keinen.»
«So war's ein anderer von den Deinen.
Denn ihr, eure Hirten, eure Hunde
seid allesamt gegen mich im Bunde.
Nun räch' ich, was ihr an mir verbrochen!»
Damit springt der Wolf dem Lamm an den Hals
und frißt es auf mit Haut und Knochen,
ohne gerichtliche Untersuchung des Falls.

DER PFAU BEKLAGT SICH BEI JUNO

Der Pfau sich bei Juno beklagt.
«O Göttin, es ist nicht ganz ohne Grund», [er sagt,
«daß ich klage, daß ich räsoniere;
die du mir gabst, die Stimme mißbehagt
der ganzen Familie der Tiere,
wenn doch die Nachtigall mit ärmlichem Gefieder
so süß und herrlich schmettert ihre Lieder,
als ob nur sie den Frühling ziere.»
Doch Juno erwidert hart:
«Neidischer Pfau, hätt'st du die Klage dir erspart!
Mißgönnst der Nachtigall du ihr Getön,
und trägst doch um den Hals, wie Regenbogen schön,
ein Farbenspiel von hundert Arten Seide?
Blähst dich und entfaltest als Augenweide

den Schweif so reich in seiner Herrlichkeit
wie ein Laden mit edlem Gestein?
Wo kann ein Vogel weit und breit
des Erfolges so sicher sein?
Es darf ein einzig Tier nicht alle Dinge haben,
drum wiesen wir gerecht euch zu verschied'ne
                                              Gaben.
Des einen Teil war Kraft, des andern Größe war,
der Falke ist geschwind, voll hohen Muts der Aar,
der Rabe ist Prophet hienieden,
die Krähe warnt vor Unheil und vor Graus.
Sie sind mit ihrem Los zufrieden;
drum klage länger nicht um das, was dir be-
sonst reiß' ich dir die Federn aus!»   [schieden,

DER RABE UND DER FUCHS

Meister Rabe hockt auf dem Baum,
er hat einen Käse gestohlen,
Meister Fuchs riecht den Käse kaum,
schon naht er auf listigen Sohlen.
«Guten Tag, Herr Rabe, man erkennt Sie nicht wieder,
wie schmuck Sie sind! Welch ein schönes Gefieder!
Und wenn Ihre Stimme – ich lüge nicht –
so prächtig ist wie Ihr edles Gesicht,
müßten Sie als König der Tiere walten!»
Da kann sich der Rabe vor Stolz nicht halten,
gleich soll sein Gesang im Walde erschallen,
er öffnet den Schnabel – läßt den Käse fallen.
Der Fuchs packt die Beute. «Mein Herr, Sie verzeih'n,

doch der Schmeichler – prägen Sie sich das ein –
lebt auf Kosten jenes, der auf ihn hört;
die Lektion ist wohl einen Käse wert?»
Zu spät schwört der Rabe, voll Scham und Groll,
daß ihm das nicht wieder passieren soll.

DIE LÖWIN UND DER BÄR

Die Mutter Löwin hatt' ihr Kind verloren.
 Ein Jäger hat's geraubt ihr. Da entfuhr
ein solch Gebrüll, daß alle Ohren [der Armen
im ganzen Wald es hörten; 's tönte zum Erbarmen.
Die Nacht und ihres Dunkels Wucht,
ihr Schweigen und ihr Zaubersinn,
sie hemmten nicht das Schrei'n der Waldeskönigin.
Kein Tier ward damals mehr vom Schlummer
          heimgesucht.
Der Bär sprach schließlich: «Meine Liebe,
ein Wort bloß: All die vielen Kinder,
die du verzehrt – hatten nicht minder
sie Eltern, die zurückgeblieben?»
«Sie hatten welche!» – «Wenn's so ist,
und so viel Hinterbliebne unsre Köpfe schonten,

wenn so viel Mütter schweigen konnten,
was schweigt nicht Ihr zu dieser Frist?»
«Ich – schweigen! Die so tief verletzt!
Ach! Ich verlor den Sohn! Ich werd' erleben müssen
ein kummervolles Alter jetzt!»
«Sagt mir, wer zwingt Euch denn dazu, fortan
                                    zu büßen?»
«Das Schicksal, weh mir! haßt mich!» – Diese
                                    Worte kann
zu allen Zeiten man aus aller Mund vernehmen.

Elende Menschen! Dieses hier soll euch beschämen!
Ich hör' leichtfertige Klagen rings von jedermann.
Wer sich in solchem Fall gehaßt fühlt von
                                    dort oben,
mag Hekuba betrachten und die Götter loben.

DIE MAUS UND DER ELEFANT

In Frankreich gibt man gern sich als Persönlichkeit,
man macht als wicht'ger Mann sich breit,
anstatt ein schlichter Bürger zu sein.
Dies Übel ist den Franzosen gemein:
Dummheit und Eitelkeit, sie sind bei uns gepaart.
Die Spanier auch sind eitel, jedoch auf andre Art;
ihr Stolz erscheint mir darum
verrückter wohl, doch nicht so dumm.
Mögt ihr von unsrem ein Gleichnis erlauben,
so gut wie ein andres, das dürft ihr glauben.

Das Mäuschen, winzig klein, den Elefanten sieht
und höhnt den Riesen, der langsam des Weges zieht,
ein Tier wie ein dreistöckiges Schloß,

geleitet von einem Dienertroß.
Und auf dem Rücken, dem bequemen,
thront eine Fürstin, schön wie der Mai,
auch Katze und Hund und Äffchen, die drei,
selbst Papagei und Magd und Hofstaat sind dabei,
die eine Pilgerfahrt unternehmen.
Das Mäuschen aber lacht,
weil alle so erstaunt beim Anblick dieser Masse.
«Als ob der Raum, den wir einnehmen auf der Straße,
uns minder oder mehr», so sagt es, «wichtig macht.
Was läßt euch Menschen denn so große Ehrfurcht hegen?
Ist es der Rumpf, vor dem die Kinder zittern schier?
Wir Mäuse schätzen uns, so klein wir auch sein mögen,
nicht weniger als dieses Rüsseltier.»
Sie hätte noch länger geschmält, doch die Katze
springt herunter mit einem Satze
und gibt im Nu der Armen bekannt,
daß eine Maus kein Elefant.

DER ESEL IM LÖWENFELL

Ein Löwenfell zog der Esel an
und war gar furchtbar zu schauen,
obgleich seine Wildheit nichts als ein Wahn,
verbreitet' er Angst und Grauen.
Doch ach, ein Zipfel von seinem Ohr
lugte verräterisch hervor,
und Martin, der Knecht, nahm den Stock zur
Wer aber die Täuschung nicht erkannt,   [Hand.
verwundert gaffend stehen blieb,
als Martin den Löwen zur Mühle trieb.

Viel Leute machen in Frankreich sich breit,
die dieses Beispiel zur Geltung gebracht,
denn eitler Prunk und leere Pracht
sind drei Viertel ihrer Herrlichkeit.

DIE BEIDEN ZIEGEN

Sowie sich Ziegen satt gefressen,
regt sich ihr Freiheitsdrang vermessen
und läßt ihr Glück sie suchen; wandernd ziehn
zu jenen Weiden hoch hinan,   [sie dann
die kaum ein Mensch betreten hat.
Wenn sie Gebiete finden ohne Weg und Pfad,
ein Felsgestein, Gebirg, drin Schluchten sich
                                    verlieren,
dann führen ihre Launen froh sie dort spazieren.
Nichts hält das Tier je ab von seiner Kletterei. –
Zwei Ziegen waren einst so frei;
weißfüßig, zierlich und adrett
verließen sie die Au auf eigensinnigen Wegen.
Durch Zufall zogen dann die beiden sich entgegen.
Ein Bach floß breit dahin, als Brücke dient' ein Brett.

Zwei Wiesel kämen selbst einander ins Gehege
auf diesem Stege.
Im übrigen war der Bach recht tief und floß
sehr rege.
Vor Furcht erzittern mußten drum die Amazonen.
Trotz der Gefahr will eine ihren Mut betonen,
und setzt den Fuß aufs Brett. Die andre tut's ihr
nach.
Mir ist, ich sähe Louis le Grand, der allgemach
mit Philippe Quatre unverzagt
und keck zu konferieren wagt.
So näherten sich Tritt für Tritt
und Stirn an Stirn die Ungestümen,
die beid' sich ihres Stolzes rühmen.
Doch mitten auf der Brücke wollten keinen
Schritt
zurück die beiden gehn. Sie zählten stolz sich, wie
uns die Geschichte lehrt, zur Aristokratie.
Die eine war die Geiß, von unvermeßnem Wert,
die einstmals Polyphem geschenkt der Galathea,
die andre war die Amalthea,
die ehemals den Zeus genährt.
Da keine weichen wollte, stürzten beide und
versanken in der tiefen Flut.

Dies Unglück ist nicht neu; es tut
der Lauf des Schicksals oft es kund.

DIE KUTSCHE UND DIE FLIEGE

Wo sich die Straße steil und steinig aufwärts zieht,
so kahl und schattenlos, vom Sonnenglast durchglüht,
rollt der Wagen, daran sechs Pferde geschirrt.
Ob Greise, Frau'n, ob Mönch, sie stiegen aus und gingen,
denn das Gespann, erschöpft, war kaum vom Fleck zu bringen.
Da, eine Fliege naht, schon kommt sie angeschwirrt,
sie glaubt, daß ihr Gesumm die Tiere könnt' beleben,
sticht eins, die andern auch, das wird die Stimmung heben,
ganz wie sie es gewollt.

Des Kutschers Nase ist ihr nächstes Jagdgebiet,
und als der Wagen rollt
und sie die Menschen wandern sieht,
meint sie, daß ihr allein der ganze Ruhm gebührt.
Bald ist sie da, bald dort, man hört sie überall,
ganz wie vor einer Schlacht ein tapfrer General
bei seinen Truppen weilt und sie zum Siege führt.
Die Fliege aber erhebt die Klage,
es habe niemand ihr erleichtert ihre Plage.
«Wer hat denn das Gespann befeuert außer mir?
Der Mönch las in seinem Brevier,
zur rechten Stund' fürwahr! Ein Frauenzimmer
                            sang,
als ob man Lieder braucht' in diesem schlimmen
                            Drang!
Mein Summen soll sogleich ihr dummes Lied
                            begleiten!»
So treibt sie hundert Albernheiten,
bis endlich in der Höh' die Kutsche angelangt.
«Nun ist's wohl schicklich, daß man sich bei mir
                            bedankt»,
die Fliege meint. «Die Müh, wer trug sie,
                            wenn nicht ich?
Ihr Herren Pferde, sagt, wo wärt ihr ohne mich?»

Gar viele Leute gibt's, die können's nicht ertragen,
wenn sie nicht geschäftig mit den Sachen
der andern Menschen sich wichtig machen.
Doch diese läst'ge Schar, man sollte sie verjagen!

DAS MAULTIER, DAS SICH SEINER HERKUNFT RÜHMTE

Das Maultier eines Priesters – vornehm tat es dreist,
und unaufhörlich sprach das gute
von seiner Mutter, einer Stute,
und deren heldenhaftem Geist.
Sie hatte dies getan, und sie war dort gewesen.
Ihr Sohn fand gar, man müßt' es lesen
einst im Geschichtsbuch, immerhin.
Dem Arzt zu dienen schien ihm unter seinem Stand.
Als alt es wurde, hat zur Mühle man's gesandt.
Da kam sein Vater Esel jäh ihm in den Sinn.
Könnt' nur dem Unglück es gelingen,
den Dummkopf zur Räson zu bringen,
geschäh' es stets aus guten Gründen,
daß man dies würde nützlich finden.

DER MENSCH UND DAS HÖLZERNE GÖTZENBILD

Ein Heide, der ein hölzern Götzenbild besaß
(von jenen, die zwar Ohren haben, doch nicht
hören),
versprach sich von dem Götzenbilde wunder was.
Er wollte sich ihm ganz verschwören
und bracht' Gelübde dar und Gaben
und Opferstiere, schwer bekränzt, den Gott zu
Es hatte nie ein Götzenbild   [laben.
so fette Speisen je bekommen;
obwohl es trotz des Kults und Dienstes vor-
enthielt
Ertrag und Gold, Gewinn beim Spiel und Huld dem
Frommen.
Sogar, wenn ein Gewitter irgendwo entstand
und sich entlud mit Urgewalten,

bekam der Mensch sein Teil. Obwohl sein Reichtum
                              schwand,
ward nie dem Götzen seine Speise vorenthalten.
Doch schließlich packt' den Heiden, der vergeblich
                              bat,
der Zorn. Er greift zur Waffe, schlägt das Bild
                              in Stücke,
und findet es voll Gold. «Als ich dir Gutes tat»,
sprach er, «gabst du mir nie ein Scherflein nur,
                              voll Tücke.
Geh weg. Magst andere Altäre dir erlesen.
Du gleichst den unheilvollen Wesen,
die grob und töricht sind am Ende.
Nur mit dem Stocke kann man hier etwas
                              erhandeln.
Je mehr ich gab, je leerer wurden meine Hände.
Gut tat ich dran, den Ton zu wandeln.»

DAS REBHUHN UND DIE HÄHNE

Bei Hähnen, die nicht höfisch, nein, ganz unfein waren,
und stets sich lagen in den Haaren,
ward einst ein Rebhuhn aufgezogen.
Als Frau und Gast erhoffte klar
es von den Hähnen, dieser stets verliebten Schar,
daß sie ihm lauter Artigkeiten brächten dar,
und daß sie ihm im Hof recht huldvoll wär'n gewogen.
Jedoch das Volk, das sich zum Zorn fühlt hingezogen,
es hegte für die fremde Dame wenig Liebe,
ja, gab ihr öfters grauenvolle Schnabelhiebe.
Das Rebhuhn war betrübt darob.
Doch als es sah, wie dieses Heer sich selber grob

bekämpfte, wie die Flanken sich zerriß die Meute,
da tröstete es sich. «Das ist nun ihre Art!»
sprach es. «Ich schelte nicht, bedaure nur die Leute.
Nicht über einen Leisten ward
die Welt von Zeus erschaffen auch.
Des Rebhuhns Brauch ist anders als der Hähne
           Brauch.
Hing' es von mir ab, dann verbrächte ich mein
mit höflicheren Freunden eben.   [Leben
Doch anders hat's bestimmt der Herr von unsern
           Tagen.
Er fängt uns mit den Rebhuhnschlingen,
pfercht uns mit Hähnen ein und stutzt uns unsre
           Schwingen.
Bloß über Menschen muß man folglich sich
           beklagen.»

DER LÖWE UND DER ESEL BEI DER JAGD

Der Tiere Fürst nahm sich zu pirschen vor
aufs beste.
Es war an seinem Wiegenfeste.
Ein Löwe wählt nicht Spatzen sich als Widerpart,
nein, prächtige Eber, herrliche Hirsche aller Art.
Damit die Jagd ihm glück' zum mindsten,
nimmt er den Esel sich zu Diensten,
der laut mit Stentorstimme schreit.
Als Hifthorn dient' er ihm bei der Gelegenheit.
Der Leu postierte ihn und deckte ihn mit Laub,
befahl ihm dann, zu schrei'n; war sicher, daß
beim Ton
Furchtlose selbst aus ihrem Unterschlupf entflohn.
Denn alle waren nicht gewohnt es, mit Verlaub,
der Stimme Grollen zu ertragen.

Die Lüfte widerhallten von dem grausen Schalle.
Der Schrecken ließ die Waldbewohner ganz
                    verzagen.
Sie flohn und fielen unvermeidlich in die Falle,
die ihnen hatt' gestellt der Leu.
«Hab ich nicht trefflich Euch gedient und ohne
                    Scheu?»
sprach da der Esel, der sich wollt' den Jagdruhm
                    gönnen.
«Ja», sprach der Löwe, «wacker tönte dein Froh-
                    locken.
Würd' ich nicht dich und deine ganze Rasse
                    kennen,
so wär' ich selber wohl erschrocken.»

Wär' kühn der Esel, hätt' mit Zorn er nicht
                    gespart,
obwohl man mit gerechtem Spott ihm heim-
                    gezahlt.
Denn wer ertrüge einen Esel, welcher prahlt?
Dies liegt sonst nicht in seiner Art.

DER VOGELFÄNGER, DER HABICHT
UND DIE LERCHE

Mit Taten, die ein Lump anstellt,
entschuld'gen unsre oft wir eben.
Doch ein Gesetz regiert die Welt:
Willst du, daß man dich leben läßt, laß andre leben.

Mit einem Spiegel einst ein Bauer Vögel fing.
Des Trugbilds heller Glanz zieht eine Lerche an.
Ein Habicht, welcher schwebend überm Acker
                                hing,
stürzt jäh herab und wirft sich dann
auf sie, die sang, wenn auch am Rand des
                              Grabes nur.
Sie war der grausen Falle beinah zwar entgangen,
als sie des Habichts mitleidlosen Griff erfuhr,
und von den Klauen ward gefangen.

Dieweil der Habicht sie zerrupft und dann zer-
                                   stückelt,
wird auch er selber in des Netzes Garn verwickelt.
«Ach, Vogelfänger, gib mich frei!» fleht er ihn an.
«Zu leid tat nie ich etwas dir!»
Der Vogelfänger spricht: «Sieh diese Lerche hier.
Hat sie dir was zu leid getan?»

DER WOLF UND DER STORCH

Die Wölfe fressen voller Gier
   und einer stopfte seinen Magen
mit solcher Hast, das dumme Tier,
beinahe ging's ihm an den Kragen,
denn tief im Rachen steckt ein großes Knochen-
                              stück.
Schon kann er nicht mehr schrei'n, da sieht zu
er einen Storch vorbeispazieren.   [seinem Glück
Ein Wink – Meister Storch kommt gesprungen
und macht sich gleich daran, den Wolf zu
                              operieren.
Weg ist der Knochen! Und weil es so gut gelungen,
verlangt er den Lohn.
«Deinen Lohn, mein Sohn?
Das ist ja ein Hohn!

Was! Ist dein Hals so wenig wert?
Er war in meinem Schlund und blieb doch
                                unversehrt.
Ein solcher Undank ist wahrlich verboten!
Geh, komm mir nicht wieder unter die Pfoten!»

DER ALT GEWORDENE LÖWE

Der Löwe, des Waldes Schreck,
gedenket altersmüd der frühern Heldentaten;
die Untertanen sich mit bitterm Spott ihm nahten,
dank seiner Schwäche keck.
Das Pferd mit seinem Huf ihm einen Tritt versetzt,
er spürt des Ochsen Horn, den Biß von Wolfes
Zähnen;
wie jammervoll ertönt des armen Löwen Stöhnen,
ihn drückt der Jahre Last, kaum brüllen kann er jetzt.
Er schickt sich in sein Los, verstummt sind seine
Klagen,
da trabt der Esel an und freut sich seiner Not.
«Zu viel!» der Löwe sagt. «Ich war bereit zum Tod.
Doch zweimal sterben ist's, auch deinen Spott
zu tragen.»

DER LÖWE UND DIE MÜCKE

«Geh weg, armseliges Tier, du Auswurf
dieser Erde!»
Mit diesen Worten sprach der Leu
zur Mücke einstmals ohne Scheu,
worauf sie ihm den Krieg erklärte.
«Denkst du», sprach sie, «dein Königstitel
mach im Nu
mir Angst und kümmere mich viel?
Ein Stier ist mächtiger als du.
Ich aber lenk' ihn, wie ich will.»
Kaum wurden diese Worte laut,
als sie auch schon sie ihm bewies,
als Held in die Trompete blies,
den Leu von oben her beschaut,
dann auf den Hals herab ihm sirrt

und macht, daß er fast närrisch wird.
Der Löwe schäumt. Sein Auge glüht. Er brüllt
                    gar sehr.
Im Umkreis zittert alles, birgt sich hinter
                    Schranken,
und dieser Aufruhr ringsumher
ist einer Mücke zu verdanken.
Die Mißgeburt von Mücke reizt ihn immer mehr.
Bald sticht sie in den Rücken, bald ihn auf das
                    Maul,
dringt in die Nase ihm nicht faul.
Da steigt die Wut zu ihrem höchsten Gipfel schier.
Doch triumphiert der unsichtbare Feind und
                    lacht,
weil weder Zahn noch Klaue das gereizte Tier
zur Abwehr und zu der Ermordung tüchtig macht.
Der unglückselige Leu beißt hinten sich und vorn
und peitscht die Flanken mit dem Schweif sich,
                    den er schwingt,
und schlägt die Luft, die nichts dafür kann,
                    und sein Zorn
ermüdet schließlich so ihn, daß ins Gras er sinkt.
Die Mücke scheidet aus dem Kampf, mit Ruhm
                    umkränzt.
Wie sie zum Angriff blies, bläst sie zum Sieg
                    beglänzt,
verkündet ihn ringsum und fliegt, vom Ruhm
in einer Spinne Netz hinein,   [verblendet,
wo nun auch sie ihr Leben endet.

Was kann die Lehre dieser Fabel für uns sein?
Ich sehe zwei. Einmal: daß unter unsren Feinden
die kleinsten *die* sind, deren man sich soll
                                    versehen.
Dann: daß, die großer Unbill zu entfliehen
gar oft in kleiner untergehen.   [meinten,

DER NARR, DER DIE WEISHEIT FEILHÄLT

Begib dich nie in den Bereich von eitlen Toren.
Ich kann dir keinen Rat, der besser wär',
Es kommt auf Erden solchen Lehren [bescheren.
nichts gleich: bei einem hohlen Kopf bist du
Man sieht sie oft zu Hofe gehn; [verloren.
dem Fürst gefallen sie, weil sie es gut verstehn
den Schelmen, Dummen, Gecken einen Streich
                                    zu spielen.

Ein Narr zog aus und blieb an jedem Kreuzweg
                                            stehn
und rief, er halte Weisheit feil. Und all die Vielen,
sie kauften eilig. Jeder hat sich eingestellt.
Man nahm in Kauf selbst einen Schaden.
Und dann bekam man für sein Geld

'nen Backenstreich und einen ellenlangen Faden.
Die meisten wurden zornig. Doch was nütz' es
                              ihnen?
Sie waren die Geprellten. Besser war's, zu lachen
und wortlos sich davonzumachen.
Wär' nur der Sinn des Ganzen kund
geworden, hätt' man schlagen lassen sich voll Mut.
Doch steht Vernunft denn dafür gut,
was solch ein Narr ausheckt? Der Zufall ist der
                              Grund
für alles, was in wirrem Hirn geboren wird.
Vom Faden und vom Backenstreich jedoch verwirrt,
ging einer der Geprellten einst zu einem Weisen,
der ohne Zögern ihm beweisen
tät': «Dies sind nichts als Hieroglyphen, rein
                              und wahr.
Denn wohlberatne Leute, der Vernunft ver-
                              schworen,
sie legen für gewöhnlich zwischen sich und Toren
die Länge dieses Fadens. Sonst wird ihnen – klar –
Liebkosung jener Art zuteil.
Ihr seid gar nicht geprellt. Der Narr hält Weisheit
                              feil!»

DIE BEIDEN ESEL

Zwei Esel trotteten. Der schleppte Haferkleie,
der andre aber Salzbesteuerungs-Geld.
Stolz auf die prächt'ge Last, hätt' der um alle Welt
es nicht geduldet, daß man ihn davon befreie.
Er schritt geziert und voller Weihe
und ließ sein Glöcklein munter schallen.
Da taucht ein Feind auf, welcher – weh! –
aufs Geld erpicht ist, eh und je.
Die Horde hat den Fiskus-Esel ausersehen,
packt ihn am Zaum, bringt ihn zum Stehen.
Der Esel wehrt sich; fühlt sich jäh
von Stichen ganz durchbohrt. Er stöhnt und
                              seufzt voll Bangen.
«Ist das es nun», spricht er, «was man mir
                        hat versprochen?

Der Esel hinter mir ist der Gefahr entgangen.
Ich aber liege hier zerstochen!»
«Freund», sagt sein Kamerad ihm frank,
«es ist nicht immer gut, ein hohes Amt zu üben.
Wärst du wie ich bloß eines Müllers Knecht
                              geblieben,
so lägst du jetzt hier nicht so krank.»

DER WOLF, DER VOR DEM AFFEN
GEGEN DEN FUCHS PLÄDIERTE

Ein Wolf gab an, man hätte ihn bestohlen.
Ein Fuchs, sein Nachbar, der ein übler
                    Bursche war,
der ward bezichtigt jenes Diebstahls unverhohlen.
Drum ward er vors Gericht befohlen.
Vorm Richter, einem Affen, stand das
                    Klägerpaar.
Noch nie war Themis vorgekommen
– so viel ein Affe wußt' – ein Fall, der so
                    verschwommen.
Der Richter schwitzte auf dem Thron bei dem
                    Gezänk.
Nachdem man zornig sich gehärmt,
und laut entgegnet und gelärmt,
da sprach, der Bosheit eingedenk,

der Richter: «Freunde, lang schon kenn' ich euch.
                         Drum endet
dies so: Ihr beide müßt bezahlen.
Du klagtest, Wolf, obwohl man nichts dir hat
                              entwendet.
Und du, Fuchs, nahmst das Diebsgut wohl zu
                              andern Malen.»

Der Richter meint' damit, man könne insgesamt
nicht fehlgehn, wenn man einen Bösewicht
                              verdammt.

DER TOD UND DER UNGLÜCKSELIGE

Ein Unglückseliger bat Tag um Tag
den Tod, zu enden seine Plag.
«O Tod!» sprach er, «wie schön dünkst du mich
                            allerenden!
Komm rasch, komm, um mein grausam Schicksal
                            zu beenden!»
Der Tod vermeinte, als er kam, zu Dienst zu sein.
Er pocht ans Tor, tritt ein und will sich
                            offenbaren.
«Was seh ich!» schrie der Mensch. «Fort, fort
                            mit dem Gebein!
Wie häßlich ist der, des Gebaren
mit Schreck und Grauen mich bedroht.
O Tod, zieh dich zurück! Tritt näher nicht, o Tod!»
Mäcenas war ein artiger Mann.

Er sagte einst: «Ich will gern impotent,
                              gemieden,
ein Krüppel, gichtkrank sein – wenn ich nur leben
                              kann,
genügt mir dies, und ich bin's mehr als nur
                              zufrieden.»
Komm nie, o Tod, kein andres Wort ist dir
                              beschieden.

DAS PFERD UND DER ESEL

Beistehn soll jedermann dem andern in der Welt,
denn wenn dein Gefährte fällt,
wird dich seine Bürde drücken.

Ein Esel zog fürbaß mit einem groben Pferd,
das keine and're Last als sein Geschirr beschwert.
Der Esel dem Gewicht erlag auf seinem Rücken,
da bat er denn das Pferd: «Gefährte, steh mir bei,
sonst sterbe ich gewiß, eh wir die Stadt
                                  erreichen;
bescheiden ist mein Wunsch, o laß dich doch
                                  erweichen,
die Hälfte meiner Last, für dich ist's Spielerei!»
Das Pferd macht einen Satz, es läßt den
                                  Esel leiden

und sieht ihn ungerührt hinsinken und
                                      verscheiden.
Sein Unrecht merkt es dann im Nu,
denn man lädt ihm auf ohne Federlesen,
was die ganze Last des Esels gewesen
und des Esels Fell dazu.

DER TONTOPF UND DER EISENTOPF

Der Eisentopf schlug eines Tags
dem Tontopf vor, mit ihm zu reisen.
Doch der entschuldigte sich stracks
und sprach, er denke wie die Weisen:
Am Herd zu bleiben, sei viel klüger,
denn wenig Ungemach ertrüg' er.
Ein kleiner Stoß bei einer frechen
Begegnung würde ihn zerbrechen
zu Scherben, daß es einem graut'.
«Du freilich», schloß er, «dessen Haut
viel härter ist, zu deinem Glück,
als meine, dich hält nichts zurück.»
«Ich will dich schützen, armer Tropf»,
entgegnete der Eisentopf.
«Und sollt' ein Gegenstand mit rohen

Berührungen dich keck bedrohen,
stell' ich beherzt dazwischen mich
und rette vor den Stößen dich.»
Dies Angebot beruhigt ihn.
Der Eisentopf, der hilfreich schien –
schon tritt an seine Seite er.
Dreibeinig humpeln sie einher
so gut es geht, mit klippklapp nun
und stoßen sich von ungefähr
bei jedem Schritte, den sie tun.
Der Tontopf leidet drunter. Hundert Schritt
                                      verderben
ihn gänzlich, denn sein Freund zertrümmert ihn
                                      zu Scherben,
obwohl er nichts kann für den Stoß.

Verbinde dich mit keinem als mit deinesgleichen,
sonst mußt du fürchten, daß das Los
des Tontopfs einst dich wird erreichen.

DER LÖWE UND DER JÄGER

Ein Prahler, der als Sport die Jagd erkoren,
der hatte einen Rassenhund verloren
und glaubte, daß ein Löwe ihn gefressen.
Da traf er einen Hirten. Unverfroren
sprach er: «Sag mir, wo dieser Räuber wohnt,
damit ihn meine Rache nicht verschont.»
Der Hirte sprach: «Er haust dort auf den Höhn.
Wenn ich ein Schaf im Monat zugemessen
ihm als Tribut, kann durchs Geländ ich gehn
wie's mir gefällt und habe meinen Frieden.»
Als diese Auskunft er dem Mann beschieden,
tritt grad der Leu heraus mit raschem Schritte.
Der Prahler macht sich aus dem Staub sofort.
«O Zeus, daß ich mich retten kann, ich bitte»,
rief aus er, «zeig mir einen Zufluchtsort!»

Der echte Mut tritt in Erscheinung
doch nur in der Gefahr, vor der man nah
                                    erschrickt.
Der sie gesucht – sprach er – der ändert seine
und flieht, sobald er sie erblickt.   [Meinung

DER FROSCH, DER SO GROSS SEIN WILL WIE DER OCHSE

Ein Frosch sieht einen Ochsen auf der Weide.
So groß zu sein, das wäre was für mich,
denkt Meister Frosch und ist ganz grün vor Neide;
er bläst sich auf und müht sich fürchterlich,
damit an Wuchs er jenem Ochsen gleiche.
Seht, Brüder, her, ob ich ihn nicht erreiche!
Bin ich so groß? Sagt mir: ist es so weit?
O nein! – Und jetzt? – Unsinn! – Es muß gelingen!
Gar kein Vergleich! – In seiner Eitelkeit
bläst er und bläst – um endlich zu zerspringen.
Dummköpfe solchen Schlags gibt's viele in der
                                              Welt,
Ein jeder Bürger sich zum großen Herrn entzückt,
Ein jeder kleine Fürst Botschafter schickt,
Und jeder Marquis einen Pagen hält.

DIE RATTE UND DIE AUSTER

Einst hatte eine Ratte – sie war nicht sehr klug –
von ihres Hauses Laren mehr als nur genug,
und sie verließ das Feld, das Korn, der Garben Joch
und wanderte durchs Land, weit weg von ihrem
Loch.
Sobald sie setzte Fuß vor Fuß
sprach sie: «Wie ist die Welt so groß und
weit allhie!
Dort ragt der Apennin und dort der Kaukasus!»
Der kleinste Maulwurfshügel war ein Berg für sie.
Nach einigen Tagen kam sie auf der Fahrt durchs
Land
in ein Gebiet, wo Thetis auf dem Meeresstrand
viel Austern hinterließ. Doch unsre Ratte dachte,
als sie sie sah, es wären Schiffe, festgemachte.

«Fürwahr», sprach sie, «mein Vater war ein
                              armer Wicht,
er wagte nicht zu reisen, furchtsam, wie er war.
Ich aber sah das Reich des Meers von Angesicht,
zog – fast verdurstend – durch die Wüste
                              voll Gefahr.»
Und ein Magister war's, der dies gelehrt die Ratte,
was planlos nachgeplappert sie,
denn sie war keine von den Bücherfressern, die
gestopft sind mit Philosophie.
Von den geschlossnen Austern hatte
sich eine aufgetan. Sie gähnte in der Sonne,
erfrischt von sanftem Windeswehn,
und schöpfte atmend Luft, war herrlich anzusehn,
sehr weiß und fett. Sah man sie an, empfand
                              man Wonne.
Die Ratte schaut von fern die Auster, hingerissen.
«Was seh' ich», sprach sie da, «das ist ein
                              Leckerbissen!
Täusch' ich mich nicht, so sagt die Farbe dieser
                              Speise,
daß heut ich oder nie beim Schmaus mich glücklich
                              preise!»
Drauf nähert Meistrin Ratte, hoffend ohne Frag,
dem Muscheltier sich ganz, streckt vor den Hals
                              ergötzlich
und fühlt gefangen sich. Dieweil die Auster plötzlich
sich schließt. Da sieht man, was Unwissenheit
                              vermag.

Mehr als nur eine Lehre birgt die Fabel hier.
Zunächst erkennen daraus wir:
Wer unerfahren ist in Dingen dieser Welt,
merkt, wie beim kleinsten schon Erstaunen
                                ihn befällt.
Und ferner lernen wir: geraubt
wird oftmals, wer zu rauben glaubt.

DIE STADTMAUS UND DIE FELDMAUS

Einst lud die Stadtmaus herrlich
die Feldmaus zu sich ein,
benahm sich so, daß schwerlich
jemand konnt' feiner sein.

Auf falschem Perserteppich
befand sich das Gedeck.
Die Stadtmaus sprach: «So leb' ich
mit meinen Freunden keck.»

Das Festmahl war erklecklich.
Nichts fehlte bei dem Schmaus.
Doch jemand störte schrecklich
der Feier Saus und Braus.

Sie hörten vor den Toren
Geräusch und fremden Brauch.
Die Stadtmaus rennt verloren
davon, die Freundin auch.

Als das Geräusch verschollen,
kehrt unser Paar zurück.
Die Stadtmaus sprach: «Nun wollen
wir hinters Bratenstück.»

«Genug!» sprach die vom Lande.
«Demnächst kommst du zu mir.
Mir liegt nichts an dem Tande
des Königsmahls bei dir.

Ich darf mir Muße gönnen,
eß ungestört von Leuten.
Leb wohl. Ich hasse Freuden,
die Ängste tilgen können.»

DER LÖWE UND DIE RATTE

Man soll, so viel man kann, sich jedermann verpflichten.
Gar oft ist's klug, sich einem Kleinern zu verbünden.
Von dieser Wahrheit sollen hier zwei Fabeln künden.
So viel Beweise gibt's zu sichten.

Vor eines Löwen Pranken breit
trat eine Ratte an das Licht, leichtsinnig eben.
Der Tiere König zeigt' bei der Gelegenheit,
wie edel stets er ist, und schenkte ihr das Leben.
Die Großmut blieb nicht unbelohnt.
Sollt' glauben man, daß – so verschont –
je Ratten Löwen nützlich seien?
Und doch geschah's, daß dieser Löwe, als er schied
vom Walde, in ein Netz geriet,

und all sein Brüllen konnt' ihn nicht daraus
                                       befreien.
Die Ratte lief herbei und nagte Biß um Biß,
worauf die Masche aufging und das Netz zerriß.

Geduld und Zeit erreichen oft
mehr, als je Kraft und Wut erhofft.

DER FUCHS UND DER STORCH

Gevatter Fuchs ließ kosten was sich's eines Tags
und lud Gevatter Storch zum Mittagessen
                                            ein.
Das Mahl war eher karg, und nicht am Aufwand
Zur Mahlzeit gab es insgemein   [lag's.
bloß klare Brühe, denn der Fuchs war knickerig.
Die Brühe ward auf einem Teller aufgetischt.
Der Storch mit seinem Schnabel, er hat nichts
                                            erwischt.
Der Fuchs schleckt' alles auf in einem Augenblick.
Zu rächen sich für die Betrügerei'n,
lädt wenig später ihn der Storch zum Essen ein.
«Gern», sagt der Fuchs; «mit meinen Freunden,
                                            ei der Daus,
tausch' ich nicht lange Schmeichelei'n.»

Zur anberaumten Zeit begab er sich ins Haus
des Storchs, der sein Betreuer war,
lobt' dessen Höflichkeit fürwahr
und fand das Mahl schon angericht't.
Er hatte Appetit, dran's Füchsen nie gebricht,
und freute sich am Duft des Fleisches, das für ihn
ganz fein zerstückt war, und das lecker ihm
                                      erschien.
Doch bot man's dar, zu seinem Schmerz,
in einer Flasche mit sehr langem, engem Hals.
Der Storchenschnabel fand dort Zugang allerwärts,
jedoch das Maul des Sire war breiter allenfalls.
Er mußte heimwärts ziehen, nüchtern und
                                      verdattert,
beschämt als wie ein Fuchs, den sich ein Huhn
                                      ergattert,
mit eingeklemmtem Schwanz und Hängeohren.

Betrüger – euch sei's zugeschworen:
Auch ihr bleibt einst nicht ungeschoren!

DER HIRSCH UND DIE REBEN

Ein Hirsch auf seiner Flucht, dank überhohen Reben
– dergleichen findet man in manchem warmem Land –
vor einer Meute Gier willkomm'ne Deckung fand.
Doch hat der Jäger Schar den Hunden schuld gegeben,
man ruft sie, und der Hirsch glaubt sich gerettet jetzt,
frißt seine Retterin – undankbarer Geselle!
Man hört ihn, kehrt zurück, hat ihn hervorgehetzt,
er stirbt an Ort und Stelle.
«Die Strafe ist gerecht, das muß ich selbst gestehn.
O Undankbare, lernt!» Schon ist's um ihn geschehn.

Die Meute stürzt auf ihn; nicht kann er sich

                                        mehr wenden
an seiner Jäger Herz, das mitleidlose, harte.

Ein Beispiel jener, die frech eine Freistatt schänden,
die sie vor Not bewahrte!

DER KRANKE LÖWE UND DER FUCHS

Vom König aller Tiere, der
in seiner Höhle krank lag, ward
verkündet dem Vasallenheer:
Gesandte solle jede Art
ihm schicken als Besuchsgefährten.
Sie würden gut behandelt werden,
sie, ihr Gefolg und ihre Lieben.
«Beim Wort des Löwen», stand geschrieben,
«der Paß schützt euch vor meinem Biß
und meiner Pranke Griff, gewiß!»
Sobald man diese Satzung kannte,
schickt' jede Art ihm Abgesandte.
Die Füchse blieben hübsch zu Haus,
und einer sprach die Gründe aus:
«Die Spur der Schritte in dem Sand

von jenen, die zum Kranken gingen, dann und
                                            wann,
sind alle, ausnahmslos, zur Höhle hingewandt.
Nicht eine zeigt die Rückkehr an.
Was uns auf den Verdacht hinweist,
daß uns der König dort verspeist.
Wir danken für den Paß. Vielleicht
ist er ganz gut. Ich sehe schlicht,
wie man die Höhle dort erreicht.
Wie man herauskommt, seh' ich nicht.»

DER RABE, GESCHMÜCKT MIT DEN FEDERN DES PFAUS

Es mausert sich ein Pfau, ein Rabe hat's gesehn,
er nimmt die Federn und steckt sie an,
stolziert damit, als wär' er selbst ein Pfauenhahn,
und glaubt, er sei Gott weiß wie schön.
Doch man erkannte ihn, er ward, eh er's gedacht,
gehöhnt, geschmäht, beschimpft, verlacht,
die Herren Pfau'n, sie rupfen ihn, o Graus!
Er floh zur Rabenschar, doch sie tat ihn in Acht
und Bann und warf ihn zur Tür hinaus.

Es leben in der Welt genügend solche Raben,
sie brüsten unverschämt sich mit gestohl'nen   [Gaben,
Nachäffer ihr richtiger Name wäre,
doch still! Sie sollen nichts von mir zu fürchten
denn das ist nicht meine Affäre.   [haben,

DER BAUER VON DER DONAU

Kein Urteil fälle man bloß nach dem äußern
                              Schein.
Der Rat ist gut, allein er ist just nicht von heute,
der Irrtum, der das Mäuschen reute,
für meine Worte darf er wohl ein Beispiel sein.
Damit ich's jetzt begründen kann,
hilft Sokrates, Äsop und auch ein Bauersmann
vom Donaustrand, ein Mann, den Marc Aurel
sein treues Bild ist uns geblieben.   [beschrieben;
Äsop, Sokrat man kennt; den Bauern stell' ich vor
mit kurzem Wort. Leiht mir eu'r Ohr!
Dem Kinn entsprossen ist ein dichter, wirrer Bart,
der ganze Kerl, behaart,
sieht einem Bären gleich, nicht von Kultur beleckt,
in seiner Brauen Busch die Augen sind versteckt,

die Nase krumm, geschwellt die Lippe, scheel der Blick,
sein Kleid von Ziegenfell, ein rauhes Stück,
dem Binsen dienen als Gürtel schier.
Nun wurde dieser Mann als Sprecher abgesandt
von jenen Städten, die gebaut am Donaustrand;
denn keine Freistatt mehr fand
man weit und breit, wo nicht hingriff der Römer Gier.
Der Abgesandte kommt, sagt offen, was er denkt:
«Römer und du, Senat, ihr seht mich vor euch stehen,
die Götter muß ich erst um ihre Hilfe flehen.
Gebe der Himmlische, der meine Zunge lenkt,
daß mir kein Wort entschlüpft, das Not und Unheil bringt,
denn ohne ihre Hilf' nichts in die Geister dringt
als Übel und Ungerechtigkeit.
Hält man sich nicht an sie, so ist man schlecht beraten,
drum sind der röm'schen Gier wir Armen Opfer heut.
Rom hält durch unsre Schuld mehr als durch seine Taten
geknechtet uns in Qual und Leid.
Doch fürchtet, Römer, euch, daß eines Tages wende
der Himmel gegen euch die Schmerzen und die Klagen
und mit gerechtem Zorn in unsre eignen Hände

die Waffen legen wird, mit denen wir euch
Das würd' euch schlecht behagen, [schlagen.
denn unsre Sklaven wärt ihr am Ende.
Und warum sollen wir, sagt mir, die euren sein?
Seid ihr denn wirklich mehr als hundert Völker
                            wert?
Mit welchem Recht beherrscht das Weltall ihr
                            allein?
Wer seid ihr denn, daß ihr unschuld'ge Leben stört?
Den Acker zu bebau'n, das haben wir begehrt,
zum Handwerk friedensvoll sind unsre Hände gut.
Was habt ihr die Germanen gelehrt?
Sie sind geschickt und haben Mut.
Wären sie von Herrschgier befangen
und übten eure Gewalttätigkeit,
vielleicht könnten statt euch sie an die Macht
                            gelangen
und wären menschlicher, als, Römer, ihr es seid.
Was die Prätoren uns grausam erdulden lassen,
kann der Gedanke nur mühsam fassen.
Und eurer Altäre heilige Hoheit,
sie ist gekränkt ob solcher Roheit,
denn wißt, daß die Götter nicht spaßen,
sie sehen uns, und was ihr ihnen gebt zu schauen,
ein Beispiel ist es nur für Abscheu und für Grauen,
von Verachtung für sie und ihre Tempel,
von eurer Gier und Wut ein trauriges Exempel.
Nichts g'nügt den Männern, die aus Rom zu uns
was unser Boden und wir [gekommen,

für sie geschaffen, nichts, nichts will den Bösen
Zieht sie zurück; wir wollen hier   [frommen.
nicht für sie die Felder bestellen,
die Dörfer fliehen wir, uns ins Gebirg zu schlagen,
die wilden Bär'n allein sind unsere Gesellen.
Drum keine unsrer Frau'n soll je noch Kinder
                                          tragen,
bevölkern nicht ein Land, das ganz an Rom
                                          verloren,
und wenn der Kinder Kraft, der lebenden, versiegt,
dann hat der Prätor zur Gewalt den Mord gefügt.
Zieht sie zurück! Sie werden nie
uns anderes als Laster lehren,
und die Germanen werden wie sie
geraubtes Gut begehren.
Das ist es, was ich sah, als ich nach Rom
                                          gekommen,
hat man keine Geschenke mitgenommen,
nicht Purpur, Öl noch Wein, so kann man niemals
                                          finden
bei den Gesetzen Schutz; die Ämter drehn und
                                          winden
vieltausendfach den Fall. Was ich zu euch mußt'
wird euch nachgerade beschwerlich. [sprechen,
Ich schließe; laßt den Henker rächen,
daß meine Rede ein wenig zu ehrlich!»
Nun legte er sich hin, und jedermann im Kreis
Verstand und großes Herz und Wahrheit ohne
des Wilden zu schätzen weiß.   [Schonung

Er wird Patrizier. Und das ist die Belohnung
für seiner Worte Schwall, und die Regierung
andre Prätoren, und in einem Edikt   [schickt
verlangte der Senat die Rede des Barbaren.
Den Sprechern sollte sie fortan ein Beispiel sein.
Doch konnte Rom nach wenigen Jahren
sich solcher Redekunst nicht mehr erfreun.

PERRETTE UND DER MILCHTOPF

Behutsam trägt Perrette ein Kissen auf dem Kopf
und drauf gestützt die Milch im Topf.
Sie geht mit raschem Schritt, um in die Stadt zu
kommen,
leichtfüßig, kurz geschürzt und ohne Ungemach,
will unbehindert sein und hat darum genommen
ein schlichtes Kleid, die Schuhe flach.
Und derart angetan,
wendet sie schon die Gedanken an
das Geld für ihre Milch; ja, damit kommt man
weit,
kauft hundert Eier ein, die man ausbrüten kann,
drei Hennen tun den Dienst, und ist man nur
gescheit,
«dann kann ich mich zu züchten trauen!

Ein Hühnerhof ums Haus, das wäre doch was
                                Feines!
Den Fuchs möcht' ich sehn, den schlauen,
der mir nicht läßt genug zum Ankauf eines
                                Schweines.
Ein Schwein zu mästen, ach, das ist's, was mir
                                gefällt,
mag's anfangs mager sein, ich weiß schon, wie's
                                gelingt.
Verkauf' ich's später dann, trägt's einen Batzen
                                Geld.
Und was verhindert mich, wenn 's Geld im Beutel
                                klingt,
zu kaufen eine Kuh? Ein Kalb wär auch ganz schön,
schon kann ich auf dem Feld es lustig hüpfen sehn.»
Hoch hüpft da auch Perrette, so groß ist ihr
                                Entzücken.
Es fällt die Milch! Lebt wohl, Kuh, Kalb und
                                Schwein und Küken!
Statt all des Reichtums sieht, die Augen voller
                                Zähren,
sie ihre Milch den trocknen Boden nähren.
Jetzt muß sie's dem Gatten anvertrauen,
und der nimmt den Stock und wird sie verhauen.
Aus dem Vorfall wurde ein Stück gemacht,
«Der Milchtopf» hieß es und ward viel belacht.

Wer hat noch nie stolze Träume geschaut
und Schlösser auf dem Mond gebaut?

Pyrrhus und Picrochole[1] hatten Perrettes Sparren,
die Weisen so gut wie die Narren.
Man malt sich wachend aus, was einem
                              wohlgefällt,
die süße Phantasie umgaukelt unsre Seelen,
und unser sind alle Güter der Welt,
nicht wird's uns an Ehren und Weibern fehlen.
Bin ich allein, so gibt es keinen, dem ich weiche.
Wo ist der Perserschah? Ich raube seine Reiche.
Ich bin Schah, mein Volk an mir hängt,
auf meinem Haupte glänzt Krone und
                              Lorbeerkranz!
Ein Zufall weckt mich auf, die Träume sind
                              verdrängt,
und ich bin wie vorher der dumme Hans!

[1] Gestalt bei Rabelais

DER FROSCH UND DIE MAUS

Wer andern», sagt Merlin[1], «will eine Grube [graben,
fällt öfters selbst hinein.»
Das Wort scheint leider heut sich abgenützt zu
                                            haben,
und dennoch glaube ich, nichts könnte wahrer sein.
Davon erzählen will ich euch ein traurig Stück.
Es lebte eine Maus, recht wohlgenährt und dick,
sie kümmert kein Advent, hält keine Fasten ein;
an eines Weihers Rand führt einst sie das Geschick,
da naht sich Meister Frosch, und zu der Maus er
                                            spricht:
«Kommt doch zu mir herab, ein Festmahl richt'
Die Maus ist einverstanden sogleich,   [ich Euch.»

---

[1] Merlin, Zauberer aus der Artus-Sage

viel Überredungskunst bedarf es weiter nicht.
Die Freuden eines Bads stellt ihr der Frosch
                    in Sicht,
und was man alles sieht, schwärmt er in seiner
                    Weise,
viel Seltsames erlebt man auf der nassen Reise.
Und eines Tages lauscht die Enkelschar gespannt,
wenn ihr die Maus erzählt von jenem schönen Land
und von der Republik, dem wohlbestellten Reich
unten im Teich.
Nur eine Kleinigkeit behindert unsre Maus.
Sie schwimmt nicht gut, gesteht dem Frosch sie
                    unumwunden.
Er aber denkt sich rasch ein brauchbar Mittel aus,
gleich wird der Fuß der Maus an seinen Fuß
                    gebunden,
ein Endchen Rohr eignet sich wohl dazu.
Kaum sind sie in dem Sumpf, Gevatter Frosch
                    im Nu
den Gast hinabzuziehn hat treulos sich vermessen.
Da gilt kein Wort, kein Eid, da gilt kein Völkerrecht,
die Maus reizt seine Gier, die schmeckt gewiß
                    nicht schlecht,
das wär', denkt er bei sich, ein exquisites Essen.
Schon spürt sich angenagt in ihrem Geist die Maus.
Sie ruft die Götter an; der Frosch, der lacht sie aus.
Sie widersteht, er zieht; auf ihren Kampf versessen,
sehn sie den Milan nicht, der mit den scharfen
                    Augen

den Kampf im Wasser schaut. Das soll ihm taugen!
Er läßt mit einem Ruck sich auf die Wellen fallen,
packt Frosch und Maus mit spitzen Krallen
mitsamt der Binse, nicht zu vergessen,
so daß seiner doppelten Beute
der Vogel sich baß erfreute,
sein Mahl war überreich,
hat Fleisch und Fisch zugleich.

Die List, gar fein erdacht,
nicht immer sich bewährt,
und oft die Niedertracht
sich gegen den Schuldigen kehrt.

DIE EICHE UND DAS SCHILFROHR

Die Eiche eines Tags zum Schilfrohr spricht:
«Wohl darfst mit vollem Recht du die Natur
anklagen;
ein Zaunkönig ist schon für dich ein schwer
kaum darf ein leiser Windhauch wagen, [Gewicht,
zu kräuseln dieses Teichs Gesicht,
und schon mußt du das Köpfchen senken.
Indessen meine Stirn, ein Kaukasus an Kraft
der Sonnenstrahlen Glut Trotz bietet ungestraft,
und kein Orkan vermag mich zu kränken.
Was dir als Sturm erscheint, für mich ist's ein
Zephir!
Ja, wüchsest du auch nur unter des Blattwerks
Gitter,
mit dem ich bedecke die Nachbarschaft,

du littest bestimmt viel weniger hier,
denn ich schützte dich vor dem Gewitter.
Du aber stehst fast jederzeit
am feuchten Rand des Reichs der Winde ungefeit.
Es scheint, daß die Natur dich nicht gerade liebt!»
«Dein Mitleid», das Rohr zur Antwort gibt,
«beweist dein gutes Herz, doch laß die Sorge sein,
die Winde treffen mich weit weniger als dich,
ich beug' mich, breche nicht. Bisher trotztest du
den argen Stößen sicherlich   [allen
und bist nicht darunter gebrochen.
Doch wart das Ende ab!» Kaum war das Wort
                              gesprochen,
da sieht man, voller Wut, vom Horizont hervor
das schrecklichste der Kinder jagen,
die je der Nordwind hat in seinem Leib getragen.
Der Baum steht fest, es beugt sich das Rohr.
Der Sturm verdoppelt den Grimm sogleich,
bis ihm gelingt zu zerschmettern
die Eiche, deren Haupt benachbart war den
                                    Göttern
und deren Fuß getaucht bis in der Toten Reich.

NACHWORT

DER AUFSTAND DER FABEL

Von Theophil Spoerri

Die Fabeln La Fontaines gehören wie kein anderes Werk zum «ewigen Vorrat» französischer Poesie. Kein Künstler berührt wie dieser in der Seele seines Volkes so viele Tasten und mit so feinem Anschlag. Keines andern Resonanzen gehen so weit. Vom Kind bis zum Greis, vom Literaten bis zum Mann auf der Straße stehen alle im Banne seiner Dichtung.

Als vor dem Ersten Weltkrieg eine führende Zeitschrift eine Umfrage darüber anstellte, welche sechs Bücher man als lebenslang auf eine einsame Insel Verbannter mitnehmen würde, antworteten die Geistesgrößen dieser Zeit mit sehr verschiedenen Wunschzetteln – bei allen figurierte als Kern der geistigen Notation das La Fontainesche Fabelbuch.

So war es seit seinem Erscheinen bis auf den heutigen Tag.

Das Wunder dieses Werkes und seiner Wirkungen läßt eine Reihe von aufregenden Fragen wach werden: Warum war solches Schicksal gerade der Fabel beschieden und nicht dem Drama, nicht dem Epos, nicht der Hymne und keiner der großen geltenden Formen? Wie ist der Fabel, die der niederen populären Literatur wie Sagen, Märchen, Volksbücher, Rätsel, Sprichwörter, Anekdoten, Witze angehört, dieser Durchbruch in die oberste Schicht geglückt? Warum ist dieses Ereignis einmalig geblieben, und warum geschah dieses eine Mal gerade in jenem Augenblick – beim letzten Aufblühen der großen klassischen Formen? Was bedeutet der Aufstand der Fabel?

I

Die sagenhafte Gestalt des Sklaven Äsop steht am Anfang der abendländischen Fabeltradition. Im Ionien des sechsten vorchristlichen Jahrhunderts war die Herrenschicht, in deren Palästen die Gesänge Homers geklungen hatten, am Zusammenbrechen, während die großen Handelsstädte mächtig emporstrebten. Das Volk, das sich an den Dreiwegen, auf dem Markte und an den Landungsplätzen sammelte, verlangte nicht mehr, von Göttern und Helden zu hören. An Stelle des Epos trat die Prosaerzählung: Schelmenstreiche und Tiermärchen, in denen der kleine Mann sich wieder erkannte. Sie stellen ihn dar, wie er sich durch seine Findigkeit und seinen Mutterwitz gegen die Ungerechtigkeit der Großen wehrt. So zeigt das Volksbuch vom phrygischen Sklaven Äsop die Überlegenheit seines Helden, indem es ihn aus allen bedrängten Lagen durch das Erzählen einer Fabel einen Ausweg finden läßt. Der mißgestaltete Sklave wird zum Symbol der unteren Welt. Um ihn herum kristallisiert sich die ganze Fabelliteratur.

Aus dem späteren hellenischen Äsop-Roman kann man schließen, wie das ursprüngliche Volksbuch aussah. Es war wie sein mittelalterlich-nordisches Gegenstück, der «Till Eulenspiegel» (die Vorstufe zum Schelmenroman, ja zum modernen Roman überhaupt), eine populäre Geschichtenzusammenballung. Es ist immer der gleiche Vorgang: Um bestimmte Typen oder Personen gruppiert sich eine Anzahl Geschichten, Anekdoten, dumme und kluge Streiche, Witzworte. Der Zusammenhang der Erzählungen mit der Zentralfigur kann eng oder locker, notwendig oder zufällig sein. Bald ist mehr die lyrisch sprudelnde Fabulierfreudigkeit des Volkes im Vordergrund, bald der Hang zum Grübeln, das tiefsinnige Bohren nach den Daseinsproblemen.

Die Erdnähe der unteren Volksschicht – jene «Elementarstufe der geistigen Entwicklung, wo der Mensch noch ganz auf du und du mit Tier und

Pflanze und aller Kreatur zu verkehren vermag»
(Crusius) – zeigt sich in der Vorliebe für das Tiermärchen. Es wird bei Äsop zum Ausdruck einer
Philosophie der Entrechteten und Unterdrückten.
Die Schelmenstreiche des Reinhart Fuchs wiederum
sind die Rache des unter den mittelalterlichen
Feudalherren leidenden Volkes. Auch die Negersklaven Nordamerikas stellen in den Erzählungen
des «Uncle Remus» ihre geträumte Notwehr dar in
der Gestalt des Hasen, des ewigen «Karnickels», das
durch seine Schlauheit sich immer wieder den Anschlägen des Fuchses zu entwinden versteht. Der
moderne Mickey-mouse-Film ist die neueste Variante des uralten Motivs von der Überlegenheit
des Unterdrückten. Die bedrohende Macht ist hier
die Maschine, die zum Schicksal gewordene Technik.

Angesichts all dieser Spielformen wird uns bewußt, wie bedeutsam der Umstand ist, daß die
äsopische Tradition die Fabel als Ausdrucksmittel
verwendet. Sie spiegelt die griechische Geistigkeit
wider. Als Mittelding zwischen Spruchweisheit und
Märchen ist sie zugleich lehrhaft und erzählend.
«Logos» und «Mythos» sind alte Bezeichnungen für
die Fabel. Die «Moral von der Geschichte» ist aber
nicht moralisch, sondern existentiell – Ausdruck
nüchterner Lebenserfahrung, wie sie in den Sprichwörtern und Redensarten eines durch jahrtausendealte Daseinsnot gewitzigten Volkes ihren Nieder-

schlag findet. Die aus Resignation und Ressentiment gespeiste Sklaven- und Lakaienmoral wird immer wieder zum Schrei der leidenden Kreatur, zum Ausdruck der Hoffnung aller Hilflosen auf eine bessere Zeit, auf ein kommendes Heil.

Diese dunkel strömende Flut der volkstümlichen Tradition, die durch lange Zeiten hindurch nur mündlich weitergegeben wird, tritt zuweilen an die Oberfläche und befruchtet die Pflanzgärten der hohen Literatur. Der Athener lebte von früh auf in der Welt der äsopischen Fabeln. An ihnen lernte das Kind lesen und schreiben und hellenische Sittenlehre. Die Historiker und Popularphilosophen liebten es, in ihre Reden Fabeln einzustreuen. Gelegentlich versuchen die Dichter, Fabeln zu einem literarischen Kleinod zu formen. Sokrates hat, wie die berühmte Stelle aus Platons «Phaidon» erzählt, als letztes irdisches Werk, bevor er im Kerker den Giftbecher trank, äsopische Fabeln in Verse gesetzt. Zu ihrem Unheil fiel die Fabel in die Hand der Rhetoren. Der römische Freigelassene Phädrus aus dem ersten Jahrhundert und der Grieche Babrios aus dem zweiten Jahrhundert machen aus ihr eine Schulübung, doch gelingt es ihnen hie und da, den Kontakt mit der lebendigen Tradition wiederherzustellen und einen volleren Ton erklingen zu lassen. Avianus und Aphtonius führen die Konvention weiter, und alles mündet in das mittelalterliche Sammelbecken: den «*Romulus*» oder «*Äso-*

pus latinus». Auf ihm beruhen die im England des 12. und 13. Jahrhunderts entstandenen «*Romulus Nilantii*» und «*Romulus Neveleti*», die wiederum den versifizierten französischen, nach Äsop benannten «*Ysopets*» zugrunde liegen. Die wichtigste unter diesen Fabelsammlungen ist der «*Esope*» der Marie de France, der seinerseits auf die lateinische moralisch-allegorische Dichtung gewirkt hat. Diese Fabeltradition, zu der im 14. Jahrhundert der Äsop-Roman in der Fassung des byzantinischen Mönches Planudes Maximus stößt, lebt zur Zeit der Renaissance neu auf. Es sind vor allem zu nennen das «*Hecatomythium*» des italienischen Humanisten Abstemius (Lorenzo Bevilacqua), Bibliothekar des Hofes von Urbino am Ende des 15. Jahrhunderts, die italienischen Fabeln des Verdizotti und die französischen Fabeln von Gilles Corrozet und Guillaume Haudent aus der Mitte des 16. Jahrhunderts. Die ganze griechisch-lateinische Überlieferung wurde gesammelt im 17. Jahrhundert durch Isaac Nevelet, Sohn eines in die Schweiz emigrierten Protestanten. Seine «*Mythologia aesopica*» erschien 1610 und 1660 in Frankfurt mit gemütvollen Holzschnitten des Nürnberger Kleinmeisters Virgil Solis. Diese Sammlung von 782 Fabel-Fassungen ist die Hauptquelle La Fontaines.

II

La Fontaine greift mit genialem Spürsinn durch alle rhetorischen Verbildungen hindurch in die Tiefe der *lebendigen Tradition* hinein. Das zeigt sich darin, daß er seinen Fabeln das Volksbuch vom Sklaven Äsop voranstellt.

Nirgends finden wir so bittere Wahrheiten über den Hof und die Höflinge wie in den Büchern, die unter der Widmung an Mme de Montespan stehen. Erstaunliche Kühnheiten treten uns da entgegen wie die durch Reimwirkung unterstrichene Ironisierung des Königstitels:

> Es herrschte dieser Löwe da
> nicht anders als Caligula.

oder die Definition des Hofes:

> Ein Hof, das ist ein Ort, an dem stets alle Leute,
> ob träg, ob eifrig, ob man klagt, ob man sich freute,
> sind, wie der Fürst es liebt. Und können sie's nicht sein,
> so wahren mindestens sie den Schein.
> Ein wandelbares Volk, nachäffend, groß und klein.
> Es ist, als ob *ein* Geist die tausend Leiber leite,
> denn dort sind alle bloß noch Teile einer Meute.

Die Fabel *« Der Bauer von der Donau »* ist der gewaltigste Protest der untern gegen die obere Welt. Das Motiv muß beim Dichter blitzartig eingeschlagen haben. Man kann fast auf die Wochen genau die Entstehung dieser Fabel datieren. Zur Zeit, als der Dichter die zweite Sammlung in den Druck gab, fiel ihm bei seinem Verleger ein Manuskript in die Hand, historische Anekdoten, deren eine den Titel trägt, den er übernommen hat. Die Fabel stellt uns zuerst den Mann aus dem Volke vor – barbarisch, mißgestaltet, ein ungeleckter Bär:

> Dem Kinn entsprossen ist ein dichter, wirrer Bart;
> der ganze Kerl, behaart,
> sieht einem Bären gleich, nicht von Kultur beleckt;
> in seiner Brauen Busch die Augen sind versteckt,
> die Nase krumm, geschwellt die Lippe, scheel
>   der Blick...
> Nun wurde dieser Mann als Sprecher abgesandt
> von jenen Städten, die gebaut am Donaustrand.

Dann hält er seine große Rede an die Unterdrücker:

> ... Doch fürchtet, Römer, euch, daß eines Tages
>   wende
> der Himmel gegen euch die Schmerzen und die
>   Klagen,
> und mit gerechtem Zorn in unsre eignen Hände
> die Waffen legen wird, mit denen wir euch schlagen.
> Das würd' euch schlecht behagen,
> denn unsre Sklaven wärt ihr am Ende.
> Und warum sollen wir, sagt mir, die euren sein?
> Seid ihr denn wirklich mehr als hundert Völker wert?
> Mit welchem Recht beherrscht das Weltall ihr allein?
> Wer seid ihr denn, daß ihr unschuld'ge Leben stört?

Den Acker zu bebau'n, das haben wir begehrt,
zum Handwerk friedensvoll sind unsre Hände gut.

. . . .

Nichts g'nügt den Männern, die aus Rom zu uns
was unser Boden und wir   [gekommen,
für sie geschaffen, nichts, nichts will den Bösen
Zieht sie zurück; wir wollen hier   [frommen.
nicht für sie die Felder bestellen.

Am Schluß seiner Rede drückt er in einer barbarischen Pantomime, indem er sich der Länge nach hinlegt, seine Todesverachtung aus. Taine kommentiert folgendermaßen die Wirkung dieser Rede: «Die Sprecher mußten verdutzt sein darüber, daß sie gerührt waren; dieser Mann hat alle Regeln mißachtet... alle seine Gedanken überstürzen sich. Er wußte nichts von den einfachsten Prinzipien der Redekunst. Er war barbarisch in seiner Haltung, im Akzent, im Stil, im Aufbau, in der Erfindung. Weil La Fontaine diese Barbarei fühlte, hat er seinen üblen Vorwurf umgestaltet; in seinem Herzen hat er die Gefühle des Barbaren wieder belebt, hat er alles erneut und alles gefunden.»

Es kommt uns immer deutlicher zum Bewußtsein, was der Aufstand der Fabel bedeutet. Wir waren gewohnt, sie als ein harmloses Feuerwerk zu betrachten, das La Fontaine mit großer Kunst zur Ergötzung von jung und alt spielen läßt. Nun wird es vor unsern Augen zum Feuerbrand, der aus den Kellergewölben der Paläste aufsteigt und verheerend zu den hohen Prunksälen hinaufzüngelt.

Wir stehen an einer Wende der Zeiten.

Die Epoche der großen Formen ist zu Ende. Die Könige und Helden haben ausgespielt. Die Herren haben nichts mehr zu sagen. Sie haben keine Autorität mehr. Zu lange haben sie ihre Stellung mißbraucht, ihre Mission verraten. Noch stehen die prunkvollen Dekorationen, aber hinter allem Gepränge gähnt die Leere. Das Stück ist aus.

Eine neue barbarische Welt ist im Anzug. Die Grundwasser der Menschheit steigen empor. Die Kleinen lehnen sich auf gegen die Großen, die Bürger gegen die Adligen, die werktätige Welt der Ameisen gegen die festlich-müßige Welt der Drohnen. Auf der Sonnenhöhe der klassischen Zeit hört man schon das dumpfe Grollen der Masse.

Noch während La Fontaine seine letzten Fabeln dichtet, treibt der Sonnenkönig durch die Aufhebung des Ediktes von Nantes den regsten Teil seines Volkes in die Emigration. Unter der Führung Englands entstehen die neuen bürgerlich-liberalen Lebensformen, denen die Französische Revolution weltweite Resonanz geben wird. Nach langer Unterdrückung erhebt sich das Volk, und in elementarem Ausbruch verwandelt es Literatur in blutige Realität.

III

Wäre das alles, so bedeutete der Aufstand der Fabel für uns nichts anderes als eine historische Erinnerung. Ihre ewig-menschliche Lebendigkeit bekam die Fabel dadurch, daß dem Impuls von unten der Geist der oberen Schicht entgegenkam. Auf das aus dem Schatten Emporsteigende fiel der letzte Glanz aus der feudalen Welt.

Während der Leerlauf des heroisch-adligen Lebens in dem großartig feierlichen Marionettenspiel des Hofes von Versailles mechanisch weiterging, hatte der klassische Geist sich eine letzte Stätte in der Seele der Dichter geschaffen. Dort entfaltete er sich zu seiner edelsten Blüte.

Es gehört zum Wesen des Klassischen, daß es alles adelt, was es berührt. Durch die Verbindung mit der hohen Poesie wird der Notschrei des Unterdrückten zum Ausdruck einer tiefsinnigen Lebensauffassung.

Der Reigen der Fabeln beginnt mit der harmlosen Erzählung «*Die Grille und die Ameise*». Schon hier, wo er durch den beschwingten Anfang

> Lustig eine Grille sang
> sommerlang

und durch leichte Retuschen am traditionellen Text die zwei Figuren, die Hausfrau und die Abenteurerin, zu Trägerinnen ewig entgegengesetzter

Lebenshaltungen macht, bringt der Dichter die Kommentatoren in Verlegenheit. Der gelehrte Naturforscher J. H. Fabre macht ihm die bittersten Vorwürfe über seinen Mangel an naturhistorischen Kenntnissen, während J. J. Rousseau ihn in seiner explosiven Art von der moralischen Seite angreift: «Ihr glaubt, ihnen die Grille als Vorbild hinzustellen, doch da täuscht Ihr Euch; sie werden die Ameise wählen... Welch eine gräßliche Lektion erteilt Ihr damit den Kindern!»

Es ist ein beliebtes Bravourstück französischer Rezitatoren, die Fabel so herzusagen, daß das eine Mal die positive Betonung ganz auf die Seite der Ameise, das andere Mal auf die Seite der Grille fällt. Wohin neigte denn der Dichter selber? Wohl nach der Seite der unbesorgten, leichtlebigen Sängerin. Dennoch gibt er der Ameise das letzte Wort.

Der Sinn der La Fontaineschen Welt schimmert hier durch die erste Fabel. Die eigentliche Sünde der Grille wird durch die Frage der Ameise aufgedeckt:

«Was tatst du in der heißen Zeit?»

Die Bettlerin antwortet:

«Nacht und Tag, wer immer kam,
sang ich...»

In dieser wahllosen Unangepaßtheit liegt der schwache Punkt: Tag und Nacht – keine Unterscheidung der Zeiten; wer immer kam – keine Unterscheidung des Menschen. Was für La Fontaine der Wechsel der Jahreszeiten bedeutet, zeigt die Fabel *« Der Astrologe, der in den Brunnen fiel »*. Die Erzählung umfaßt vier ganze Verse. Sie gibt bloß die Blickrichtung an: man muß nicht nach oben, sondern nach unten schauen:

> Einst fiel ein Astrologe tief in einen
> Zisternenschacht. Man sagte: «Armer Tropf,
> der du nicht siehst was liegt vor deinen Beinen,
> wie willst du lesen über deinem Kopf?»

Die Moral weitet sich gewaltig aus. Der Dichter spricht aus der Fülle des Herzens. Zuerst wendet er sich zornig gegen die magisch-abergläubische Naturbetrachtung der metaphysischen Zeiten. Dann ertönt mit hymnischer Gewalt sein modernes Glaubensbekenntnis:

> Es kreist das Firmament in der Gestirne Lauf,
> die Sonne geht uns täglich auf.
> Mit jedem Tage folgt ihr Licht auf schwarze Nacht.
> Wir können nichts daraus ableiten, als nur die
> Notwendigkeit, zu leuchten, zu erhellen; sie
> führt Jahreszeiten her, läßt reifen unsre Saat,
> wodurch sie auf den Leib gewissen Einfluß hat.
> Doch wie entspricht dem Los, das wandelbar du weißt,
> die immer gleiche Bahn, in der das Weltall kreist?

Die an Bossuets majestätischen Rhythmus erinnernde Regelmäßigkeit des letzten Verses (.–...–/

.–...–) zeigt das Höchste an, was der Mensch erkennen kann: den großen stillen Gang des Weltgeschehens, die gesetzmäßige Folge der Zeiten und die klare Ordnung des Raumes. Die Überheblichkeit derjenigen, die sich nicht beugen können vor dem hohen Gesetz der Natur, erregt den Dichter aufs tiefste: – Ich ereifere mich ein bißchen zu stark – Souffleurs nennt er die Alchimisten, weil sie in ihren Ofen blasend den Stein der Weisen herzustellen suchen. Windbeutel, Scharlatane sind sie für ihn alle. Der Spekulant, der ins Wasser fiel, ist für ihn der Inbegriff für alle Träumer – *ceux qui baillent aux chimères*.

Die Praxis, die dieser neuzeitlich-naturwissenschaftlichen Weltbetrachtung entspricht, tritt uns in der Fabel «*Der Landmann und seine Söhne*» entgegen:

Gebt Müh euch, schafft, so viel ihr könnt.
Das ist das wahre Kapital.

Der Fabeldichter hat, an eine jahrhundertealte Tradition anknüpfend, die Linien weitergeführt bis zur letzten Einfachheit – den Weinberg seiner Vorlagen verwandelt er in einen Acker. Geheimnisvoll wird ein verborgener Schatz angekündigt. Der Betätigungsdrang, den er ankurbelt, äußert sich in einer Häufung von Verben:

> Grabt nur die Felder um...
> Grabt eifrig, wühlt und harkt, laßt übrig keinen Platz,
> wo ihr nicht forschet nach dem Schatz.

Die rege Arbeit strahlt in Adverbien nach allen Seiten aus, und die zwei Hauptwörter, die am Schluß alliterierend nebeneinander gestellt sind, werden zu Signalen zweier Weltauffassungen:

> ... *que le travail est un trésor*
> ... wie die Arbeit einen Schatz verlieh.

Der Schatzgräbertraum des magisch-kindlichen Menschen weicht dem modern-bürgerlichen Arbeitsethos des «Candide» – *mais il faut cultiver notre jardin* –, Fausts Magie endet in der Urbarmachung des Meeresstrandes.

> Tages Arbeit! Abends Gäste!
> Saure Wochen! Frohe Feste!
> Sei dein künftig Zauberwort.

Das Fabelbuch La Fontaines ist eine Gesamtabrechnung mit allen Abenteurern und Illusionisten, ob sie sich selber oder andere täuschen. Er zählt dazu nicht nur diejenigen, die die Wahrheit anders sehen, als sie ist, sondern auch diejenigen, die etwas vormachen, das sie nicht sind – alle Geschwollenen, Wichtigtuer, Pedanten, Heuchler und Bonzen. Wir finden bei Molière die gleichen Typen, auch bei ihm spricht der gesunde Menschenverstand durch den Mund der Dienenden; der Realitätsakzent ist immer unten.

Klein sein ist für La Fontaine nicht eine unglückliche Zufälligkeit, sondern die Grundnorm der menschlichen Existenz. Die Froschperspektive ist die wahre Basis des Erkennens. Man sieht die Welt, wie sie wirklich ist, nur dann, wenn man sie von unten sieht.

Die Illustration zu dieser Philosophie der Kleinheit ist seine Lieblingsfabel: *«Die Eiche und das Schilfrohr»*.

Dem Dichter lag die äsopische Fassung im *«Nevelet»* vor: «Ein Schilfrohr und ein Olivenbaum stritten über ihre Festigkeit und Stärke. Das Schilfrohr, dem der Olivenbaum vorwarf, daß es schwach sei und sich allen Winden beuge, antwortete nichts. Aber es wartete ein Weilchen, bis ein starker Windstoß kam: das Schilfrohr, vom Winde gebeugt und gebogen, kam unbehelligt davon; der Olivenbaum, auf seine Wurzeln gestützt, widerstand den Winden, wurde dann aber durch ihre Gewalt gebrochen und zeigte so, daß er sich fälschlich seiner Kraft gerühmt hatte. Diese Fabel lehrt also, daß diejenigen, die den Umständen und den ihnen Überlegenen nicht widerstehen, stärker sind als diejenigen, die wider die Mächtigen streiten.» (Nach der Übertragung von R. Bray, p. 77.)

La Fontaine verwandelt das Mechanische und Didaktische in ein Menschliches und Geschautes.

Der Eichbaum stellt sich mit Corneilleschem Pathos vor; er vergleicht sich in seiner Anmaßung mit dem Kaukasus. Das Gefühl der Macht steigert sich am Gegensatz zum schwachen, windbewegten Rohr. Mit herablassender Gönnerhaftigkeit bietet er seinen Schutz an. Aber sein Mitleid ist eine versteckte Form seines Hochmuts.

Das Schilfrohr läßt sich nicht imponieren, es antwortet mit bissiger Ironie:

«Dein Mitleid...
 beweist dein gutes Herz, doch laß die Sorge sein.»

Scharf und spitz tönen die letzten Worte – *mais quittez ce souci* –. Man merkt, daß der Begönnerte pikiert ist.

La Fontaine kannte diese Situation, war er doch sein Leben lang abhängig gewesen von der Gunst der Großen. Die Reihe beginnt mit Fouquet, dem Hochfahrenden, dessen Wahlspruch war: *Quo non ascendam?* Aber gerade an Fouquet erlebt er, was später in seiner Fabel Gestalt wird. Der Sturz Fouquets, das Signal der absoluten Machtergreifung durch Ludwig XIV., wirkte erschütternd auf die Zeitgenossen. Und in dem tapferen Brief, in dem La Fontaine das Ereignis berichtet, steht ein lateinisches Zitat, das im Keim die Fabel vom Eichbaum vorwegnimmt: *Feriunt summos fulmine montes* – «die Götter treffen mit dem Blitz die höchsten Berge». Der Vergleich mit dem Kaukasus bekommt angesichts dieser Worte eine reale Bedeutung. Ist nicht im Augenblick, da er diesen Brief schrieb, der zündende Funke in die Seele des Dichters gefallen? Und mußte nicht angesichts der Zusammenbrüche großer Herren, wie La Rochefoucauld, Gramont, Bussy-Rabutin, in ihm der Gedanke aufsteigen, daß die ganze Herrenschicht, ja das Königtum selbst das Schicksal der gefällten Eiche erleben könnte?

Die sozial-politische Seite des Geschehens ist aber in der Fabel nur die Vorderansicht. Der eigentliche Kern liegt tiefer. Er enthüllt sich, wenn man darauf achtet, gegen wen die Rede des Eichbaums gerichtet ist. Der Anfang und der Schluß sind eine Anklage gegen die Natur:

> «Wohl darfst mit vollem Recht du die Natur
> anklagen...
> Es scheint, daß die Natur dich nicht gerade liebt!»

Der Protest gegen die Natur ist die tragische Schuld, die das Verhängnis ins Rollen bringt. Die Fabel wird zum Drama. Die Rache der Natur wird in drohenden Worten angekündigt, und die Strafe des Schuldigen erfolgt als unausweichliches Schicksal.

Das Leben und Weben der Natur ist kein zufälliger Schmuck, keine bloße Einkleidung. Es gehört zur Substanz der Fabel. Die Natur ist die Seele des Dramas. Sie ist verkörpert im Wind. In einem wunderbar weiten Vers wird das Reich der Lüfte vor das Gefühl hingezaubert:

> ... am feuchten Rand des Reichs der Winde ungefeit.

Am Anfang regt sich nur ein bloßer Hauch, der uns in weichen Reibelauten leise, aber spürbar anweht –

> ... kaum darf ein leiser Windhauch wagen,
> zu kräuseln dieses Teichs Gesicht...

Die Eiche aber fordert den Sturm heraus in einer Trotzrede, deren Entladung in dem syntaktisch und rhythmisch bis aufs äußerste gespannten *brave* erfolgt:

> «... Indessen meine Stirn, ein Kaukasus an Kraft,
> der Sonnenstrahlen Glut Trotz bietet ungestraft,
> und kein Orkan vermag mich zu kränken.»
> – *Brave l'effort de la tempête.*

Der Vermessene wagt es, die entfesselten Lüfte herbeizurufen:

> «...Was dir als Sturm erscheint, für mich ist's ein
> ... ich schützte dich vor dem Gewitter.»   [Zephir!

Beängstigend betont das Schilfrohr die Bedrohlichkeit der Winde:

> «... die Winde treffen mich weit weniger als dich.
> ... Bisher trotztest du allen
> den argen Stößen sicherlich...
> Doch wart das Ende ab.»

Und nun bricht in mächtiger symphonischer Steigerung der verheerende Sturm los:

> ...da sieht man, voller Wut vom Horizont hervor
> das schrecklichste der Kinder jagen,
> die je der Nordwind hat in seinem Leib getragen.

Der Kampf beginnt:

> Der Baum steht fest, es beugt sich das Rohr.
> Der Sturm verdoppelt den Grimm sogleich...

Und schon erfolgt die Katastrophe. Die Dimensionen weiten sich ins Unendliche, und das innere Auge folgt der Linie des Falles vom Himmel bis zum Totenreich:

> ...bis ihm gelingt zu zerschmettern
> die Eiche, deren Haupt benachbart war den Göttern
> und deren Fuß getaucht bis in der Toten Reich.

Der letzte Klang ist «der Toten Reich». Das Spiel ist zu Ende.

In ihrem Sturz hat die Eiche tragische Größe gezeigt. Und diese Linie hat Heinrich von Kleist am Schluß der *Penthesilea* weitergeführt:

> Sie sank, weil sie zu stolz und kräftig blühte!
> Die abgestorbene Eiche steht im Sturm;
> doch die gesunde stürzt er schmetternd nieder,
> weil er in ihre Krone greifen kann.

Erst solcher Übergewalt des Schicksals gegenüber bekommt die Philosophie des Schilfrohrs ihre tiefere Bedeutung: «*Je plie, et ne romps pas*». Es ist nicht schwächliche Anpassung, sondern Beugung – im eigentlichen Sinne – vor der Allgewalt der Natur.

Auf der gesellschaftlichen Ebene ist diese Einstellung der lächelnd resignierten Weisheit Philamintes in Molières *«Misanthrope»* verwandt:

Althergebrachter Tugend allzu große Strenge
paßt nicht zu unsrer Zeit und ihrer Bräuche Menge;
sie heischt von Sterblichen zu viel Vollkommenheiten!
Man muß der Zeit sich beugen, nicht ihr widerstreiten...

Das ist nicht die Meinung Corneilles. In seiner Übersetzung der *«Imitatio»* verurteilt er die Haltlosigkeit des Schilfrohrs:

Setz deine Hoffnung nicht aufs Schilfrohr, welches wankt
und nach dem Wind sich biegt und mit den Fluten schwankt...

Aber der tiefste Denker der Zeit stellt sich auf seiten des La Fontaineschen Schilfrohrs. Aus der Einsicht in die Schwäche und Ausgesetztheit des menschlichen Wesens erwächst den drohenden Schicksalsgewalten gegenüber seine demütig ergebene Haltung. Darin findet es auch seine Würde, die es über alle Weltmächte erhebt:

«Der Mensch ist bloß ein Schilfrohr, das schwächste in der Natur; aber er ist ein denkendes Schilfrohr. Das All braucht sich nicht zu wappnen, um das Rohr zu zerbrechen; ein Hauch, ein Wassertropfen genügt, und es stirbt. Doch selbst wenn das All den Menschen zerbräche, wäre er dennoch edler als jenes, weil er weiß, daß er stirbt... Das All weiß nichts davon. Unsere ganze Würde besteht demnach im Denken.»

IV

Die Verwandlung ins Ewigmenschliche geschieht in der La Fontaineschen Fabel durch den Zauber der Form.

Auf dem Boden der formalen Betrachtung tritt uns noch einmal ihre ganze Problematik entgegen. Nirgends so wie hier scheint der Dichter an die Tradition gebunden zu sein. Man kann nicht nur den Inhalt der Fabel, sondern auch die einzelnen Züge auf zahlreiche Vorlagen zurückführen. Wo bleibt da – außer in gelegentlichen Zutaten – die Originalität des Dichters? Wie kann man da noch von einem einmaligen und entscheidenden Ereignis sprechen?

Die Frage ist um so mehr berechtigt, als Boileau, der doch mit genialer Intuition die bleibenden Dominanten im Stimmengewirr der zeitgenössischen Literatur herausgehört hatte, über die Fabel Lafontaines vollständiges Stillschweigen bewahrt.

Aber gerade diese Blindheit zeigt, wie revolutionär die Fabel war. Kein Zeitgenosse war sich der wahren Bedeutung dieses Wunderwerkes bewußt.

Es brauchte die Distanz der Jahrhunderte, um zu erfassen, was im Aufstand der Fabel geschah.

Allerdings waren die Zeitgenossen bezaubert. Die zahlreichen Auflagen beweisen es. Und an bewundernden Zeugnissen hat es nicht gefehlt. Aber nur ein einziger hatte eine ferne Ahnung von der Größe dieser dichterischen Schöpfung, La Bruyère: «Er erhebt die kleinen Dinge ins Große; in seiner Art zu schreiben ist er einmalig, dabei immer originell in Erfindung und Übertragung.» (Rede vor der Académie Française.)

Das hohe Ziel des klassischen Menschen ist das Vollkommene – das zur Erfüllung Kommende. Er verweilt nicht beim Weg, bei der Bewegung, bei der erregenden Andeutung. Er ist dem Resultat, dem Ende, der Vollendung zugewandt. Das französische *perfection* zeigt noch deutlicher, worum es geht: Es kommt auf eine «Durch-Arbeitung» des Vorhandenen, Überlieferten, Stofflichen an. Eine leise Betonung, eine fast unmerkliche Sichtung der Bildelemente, ein letzter vereinfachender Zug genügen, und die Schlacken, die der Fabel anhaften, fallen ab, durchsichtig tritt das Ewigmenschliche in Erscheinung. Durch die formende Kraft erlangt das Zufälligste unvergängliche Geltung. Das Vorübergehende erhält Dauer. Das Vereinzelte findet seinen Platz in der Ordnung des Ganzen. Das Verschwommene reift zur Gestalt.

Gestalt heißt Sichtbarwerden des Sinnes. Etwas,

das sich selber suchte, findet seine Form; an diesem Äußeren wird das Innerste offenbar.

Das La Fontainesche Schilfrohr ist ein Sinnbild für das Formgesetz der Fabel.

Die Fabel ist *klein*.

Ihr Format ist kein Zufall. Im Bereich des Epischen ist sie das kleinste, unscheinbarste Gebilde. Im zarten Zauber der Kleinheit tritt uns aber der ewige Sinn des Kleinseins entgegen. Das Schilfrohr La Fontaines will nicht mehr sein, als es ist. Größe macht geschwollen; der Stolze ist so von sich selbst erfüllt, daß er darob steif und dumm wird. Das Kleine hat die schwere Kunst der Anpassung gelernt.

Die Fabel ist *beweglich* wie das Schilfrohr.

Der Wechsel der langen und kurzen Verse, die freie, lockere Form sind der Ausdruck einer entspannten, gelösten Seele, die, frei von den Versteifungen des Geistes, dem Wechsel des Geschehens folgen, den Zusammenhang mit der Realität bewahren kann.

Die Fabel lebt wie das Schilfrohr im *Zwischenreich des Flüssigen und Festen*. Vom beweglichen Element des Seelischen umspült, wurzelt sie doch im festen Grund der objektiven Welt. Wie die klarspiegelnde Wasserfläche leise zittert von der Regung aus der Tiefe, so klingt in der vollendeten Gestalt die seelische Schwingung nach. Aber der letzte Akzent ruht auf der *klaren Vision*. Die Fabel La Fontaines strebt wie alle klassische Form zum reinen Umriß, zur geometrisch durchgebildeten Sichtbarkeit. Sichtbarkeit ist der Prüfstein der Realität.

Der äußeren Klarheit entspricht aber die *innere Ruhe*; das anschauliche Bild wächst aus der beschaulichen Seele. Daß die Fabel ihrer Natur nach ein Mittelding ist zwischen Mythus und Moral, zwischen Bild und Erkenntnis, kommt ihr hier zustatten. Und daß der französische Geist wie der griechische an der Logik der Form wie an der Form der Logik sich erfreut, hat als beglückende Fügung der Geschichte das Wunder der La Fontaineschen Fabel möglich gemacht.

Alle formenden Kräfte La Fontaines wachsen aus einem ehrfurchtsvoll-liebenden Verhältnis zur *Natur*. Natur bedeutet für ihn ursprüngliches Leben. Unter dem Einfluß der indischen Fabel ist der Dichter immer kühner zu diesem an Rousseau mahnenden Naturbegriff durchgestoßen. Aber die beherrschende Idee blieb die klassische: Natur als ewige Konstante der Menschlichkeit. Wenn auch ein tiefer Herzton alles durchdringt, so wird doch nie vom Gefühl die geistige Klarheit getrübt. Der eigentliche Glanz der Fabel kommt von ihrem unbeirrbaren Realitätssinn.

Das ist der *Grundvorgang* in jeder Fabel, daß zuerst in irgendeiner Weise der Kontakt mit dem Realen verlorengeht; dann aber erfolgt mit einem Ruck die heilsame Korrektur, und beglückt wendet sich der Geist der neu gewonnenen Einsicht zu. Die Störung geschieht immer durch eine Bewegung nach oben – veranlaßt durch irgendeinen anmaßenden oder begehrlichen Anspruch des Geistes, durch eine fixe Idee, durch eine Versponnenheit der träumenden Seele. Die «Umkehr» geschieht in einem unsanften Zusammenstoß mit der Wirklichkeit, durch einen Fall oder ein Fallenlassen, eine Wendung von oben nach unten.

Die Fabel ist der Komödie verwandt, die auch den Protest der Natur gegen die Verstiegenheiten des Geistes darstellt; sie macht sich lustig über alle diejenigen, die zu hoch hinaus wollen.

Ob es nun der Frosch ist, der sich zur Größe des Ochsen aufblähen will, oder der Astrologe, der mit dem Blick nach oben den offenen Schacht zu seinen Füßen übersieht, ob die junge Bäuerin mit dem Milchhafen auf dem Kopf ins Tanzen kommt, weil sie an hüpfende Kälblein denkt, oder der Rabe mit dem Käse vom Fuchs betört seine sangliche Begabung zeigen möchte – der Umschlag kommt für alle: die Froschhaut platzt, der Sterndeuter fällt ins Wasser, die Milch wird verschüttet, und der Käse entgleitet dem Schnabel.

Mit den einfachsten sprachlichen Mitteln spinnt der Dichter seinen Partner ein und zieht ihn unwiderstehlich in diesen elementaren Vorgang, in diese Doppelbewegung der Abkehr und Rückwendung zum Leben.

Mit launigen Akkorden wird die adrette Milchfrau eingeführt.

> Behutsam trägt Perrette ein Kissen auf dem Kopf
> und drauf gestützt die Milch im Topf.

Der kurze Vers verlangsamt die Bewegung, behutsam wird der Milchtopf aufgesetzt.

> Sie geht mit raschem Schritt, um in die Stadt
> zu kommen.
> *Prétendait arriver sans encombre à la ville.*

Der lange Vers mit seinen dunklen Andeutungen versetzt uns in eine leise Beängstigung. Der Dichter benutzt die geschaffene Spannung – das mitschwingende Interesse –, um in tänzelnden Rhythmen das Landmädchen hinzuzaubern:

> ... leichtfüßig, kurz geschürzt und ohne Ungemach
> will unbehindert sein und hat darum genommen
> ein schlichtes Kleid, die Schuhe flach.

Es scheint ein reines Naturbild in urfrischer Beweglichkeit zu sein; aber die Beschreibung ist schon ein Teil des Geschehens, der leichte Gang wird später zum Verhängnis. Schon greift der berechnende Geist ein:

> Und derart angetan,
> wendet sie schon die Gedanken an
> das Geld für ihre Milch; ja, damit kommt man weit;
> kauft hundert Eier ein, die man ausbrüten kann,

drei Hennen tun den Dienst, und ist man nur
> gescheit,
dann kann ich mich zu züchten trauen!

Man kann hier von Imparfait zu Imparfait den Vorgang der allmählichen Loslösung von der Realität verfolgen. Und nun kommt als Zeichen des gesteigerten In-sich-selbst-Versponnenseins der Monolog:

> Ein Hühnerhof ums Haus, das wäre doch was
> > Feines!
> Den Fuchs möcht' ich sehn, den schlauen,
> der mir nicht läßt genug zum Ankauf eines
> > Schweines.
> Ein Schwein zu mästen, ach, das ist's, was mir
> > gefällt,
> mag's anfangs mager sein, ich weiß schon, wie's
> > gelingt.
> Verkauf ich's später dann, trägt's einen Batzen Geld.
> Und was verhindert mich, wenn's Geld im Beutel
> > klingt,
> zu kaufen eine Kuh? Ein Kalb wär' auch ganz schön;
> schon kann ich auf dem Feld es lustig hüpfen sehn.

Das Futurum am Eingang des Selbstgespräches zieht uns noch mehr in die vorgestellte Realität hinein; über das vielbewunderte Perfektum – *il était, quand je l'eus...* – gleiten wir wieder ins Präsens hinein; nun sind wir grammatikalisch ganz verzaubert – der pathologische Wendepunkt ist erreicht: die Vorstellung vom springenden Kälblein setzt sich in Körperbewegung um:

Hoch hüpft da auch Perrette, so groß ist ihr
Entzücken.
Perrette là-dessus saute aussi, transportée...

Das durch Apposition isolierte Partizip am Versende wirkt wie ein Sprung ins Leere. Nun erfolgt der Umschlag von der imaginären Bewegung nach oben in die reale Bewegung nach unten:

Es fällt die Milch...

In einer langen fallenden Kurve verschwinden in umgekehrter Reihenfolge alle geträumten Güter:

... Lebt wohl, Kuh, Kalb und Schwein und Küken!

Als Anwalt der Natur und Wortführer der kreatürlichen Welt konnte der Dichter seine Vision nirgends besser verkörpern als in der *Gestalt der Tiere*. Das Animalische ist keine Verkleidung, sondern Substanz. «Der Mensch ist weder Engel noch Tier, und das Unglück will es, daß einer, der ein Engel sein will, zum Tier wird.» Dieser Gedanke Pascals ist das Grundthema der Lafontaineschen Fabel. Es gibt kein besseres Mittel, den Menschen aus seinem Größenwahn herunterzuholen, als dadurch, daß man ihn an seine Animalität erinnert. Doch ist für den Dichter das Animalische kein verächtlicher Naturzustand – der Mensch ist um so wirklicher, als er durch alle Umhüllungen hindurch den kreatürlichen Kern erkennen läßt.

Mit seinem Herzen ist La Fontaine auf seiten der *kleinen Tiere*. Seine Sympathie blendet ihn aber nicht. Er sieht alle Mängel und Gefahren seiner Brüder in Busch und Feld. Alles was da kreucht und fleucht, bekommt unter seinem Schöpferblick sein bestimmtes Profil. Der quäkende, schlüpfrige, geschwollene Durchschnittsdemokrat, den der Frosch verkörpert, ist ihm in der Seele zuwider. Auch der gutmütige, plumpe Esel gibt ihm durch seine feierliche Dummheit auf die Nerven. Das Häslein ist ihm schon sympathischer; aber es ist kein Held, und sein sprunghaft unbesonnenes Wesen wird ihm leicht zur Gefahr.

Das Tier, das als Inbegriff der unteren Welt mit besonderer Liebe und Strenge geschildert wird, ist der graue, gehetzte, pfiffige Bewohner der Kellergewölbe des Lebens: das Mäuslein.

In der Fabel «*Der junge Hahn, die Katze und das Mäuschen*» erscheint es als ein junges, unerfahrenes Wesen, das seine erste Fahrt in die Welt unternimmt. Aus der Mäuseperspektive entwickelt der Dichter eine tiefgründige Psychologie des Jünglings.

> Ein junges Mäuschen, das noch nichts gesehn gehabt,
> ward unversehens fast ertappt.

Nach dieser spannungsweckenden Andeutung beginnt in hohen Worten der epische Bericht:

Hört, wie's der Mutter vom Erlebnis gab Bericht:
«Als ich die Landesgrenzen überschritten hatte
und ging, wie eine junge Ratte,
die auf Karriere ist erpicht...»

Maulwurfshügel werden zu Bergen, die den Staat begrenzen; das geringe Mäuslein erhöht sich selbst zum Stand der Ratten. Da erscheinen ihm zwei Tiere: ein Hahn, den er als wildes exotisches Tier darstellt:

Es schlug die beiden Seiten mit den Armen sich
und machte Lärm, so fürchterlich,
daß ich, dem Gott sei Dank, an Mut es nie gebrach,
voll Furcht ergriffen hab die Flucht.

Seine Angst hat den Mäuserich gerettet, denn er war gerade daran, mit dem andern Tiere anzubändeln:

«Es ist so sammetweich wie wir,
geflekt, mit langem Schwanz, von Ungestüm
                                              entfernt,
mit weichem Blick, obwohl er leuchtete, und wie!
Ich glaub, es hat viel Sympathie
zu den Herren Ratten. Denn auch seine Ohren
nicht ab von denen unsresgleichen.   [weichen

In dem begründenden «denn» tritt köstlich die Logik der Jugend zum Vorschein:

Aus ihrem heißen Kopfe nimmt sie keck
der Dinge Maß, die nur sich selber richten.

Das Motiv entfaltet sich weiter in der Fabel *«Die Ratte und die Auster»*. Der Dichter geht hier weit über alle Vorlagen hinaus. Mit souveränem Spott schildert er die abenteuernde Ratte als großsprecherischen, mit Bildungsbrocken um sich werfenden Reisenden. Mit seiner verschobenen Perspektive steigert er alle Dinge in falsche Größendimensionen:

«... Wie ist die Welt so groß und weit allhie!
 Dort ragt der Apennin und dort der Kaukasus.»
Der kleinste Maulwurfshügel war ein Berg für sie...
«Fürwahr», sprach sie, «mein Vater war ein armer
 Wicht,
er wagte nicht zu reisen, furchtsam, wie er war.
Ich aber sah das Reich des Meers von Angesicht,
zog – fast verdurstend – durch die Wüste voll Gefahr.»
Und ein Magister war's, der dies gelehrt die Ratte,
was planlos nachgeplappert sie.

Gerade diese Verstiegenheit bringt ihn zu Fall. Der nach Abenteuern lüsterne Bürgersmann gerät an das gewünschte Objekt heran – man sieht ihn in der Großstadt, wie er sich von einer üppigen Schönheit verlocken läßt:

... sehr weiß und fett. Sah man sie an, empfand
                                    man Wonne.

Das tragische Ende des Abenteuers wird ausführlicher dargestellt in der Fabel *«Der Frosch und die Maus»*. Die Ausgangssituation ist unmißverständlich gezeichnet:

> Es lebte eine Maus, recht wohlgenährt und dick,
> sie kümmert kein Advent, hält keine Fasten ein;
> an eines Weihers Rand führt einst sie das Geschick.

Ein vergnügungshungriger Bürger streicht in fremder Stadt verrufenen Lokalen nach. Eine dubiose Person hat ihn zum Opfer ausersehen und lädt ihn zu sich ein. Um der Sache einen verführerischen Schein zu geben, schildert sie ihm die zu erwartenden Herrlichkeiten:

> «Kommt doch zu mir herab, ein Festmahl richt' ich
> Die Maus ist einverstanden sogleich,   [Euch.»
> viel Überredungskunst bedarf es weiter nicht.
> Die Freuden eines Bads stellt ihr der Frosch in Sicht,
> und was man alles sieht, schwärmt er in seiner Weise,
> viel Seltsames erlebt man auf der nassen Reise.
> Und eines Tages lauscht die Enkelschar gespannt,
> wenn ihr, die Maus, erzählt von jenem schönen Land
> und von der Republik, dem wohlbestellten Reich
> unten im Teich.
>
> *Et le gouvernement de la chose publique*
> *Aquatique.*

Die ganze Rede gipfelt in einem Wort, das einen ganzen Vers ausfüllt und den lockenden Zauber der feuchten Unterwelt, angeregt vielleicht durch das griechische *coax, coax,* in einem hochtönenden, lautmalerischen Gequak ausdrückt. Doch der ängstliche Bürger hat noch Bedenken. Dem wird mit einem technischen Mittel abgeholfen. Damit hat er sich ganz ausgeliefert. Die Verführerin sucht ihn auf den Grund zu ziehen…

Da gilt kein Wort, kein Eid, da gilt kein Völkerrecht.

In seiner Bedrängnis wird der Bourgeois fromm und beruft sich auf die Götter – vergeblich:

> ... der Frosch, der lacht sie aus.
> Sie widersteht, er zieht...
> Halb zog sie ihn, halb sank er hin,
> Und ward nicht mehr gesehn.

Doch nein: ein Polizist macht die Runde –

> ... auf ihren Kampf versessen
> sehn sie den Milan nicht, der mit den scharfen Augen
> den Kampf im Wasser schaut.

Und beide, Frosch und Maus, werden das Opfer der höheren Gewalt.

Eine andere Rattenfabel, «*Die Maus und der Elefant*», weist mit dem Motiv des Bourgeois Gentilhomme auf den Grundfehler des Franzosen hin:

> In Frankreich gibt man sich gern als Persönlichkeit,
> man macht als wicht'ger Mann sich breit,
> anstatt ein schlichter Bürger zu sein.

Die verderblichste Form der Geschwollenheit aber zeigt sich in der Fabel «*Die Ratte, die sich von der Welt zurückzog*». Es ist die persönlichste Fabel La Fontaines, die einzige, zu der keine Vorlage bekannt ist.

Die ersten Akkorde wecken die Vorstellung einer mystisch entrückten, fernen Welt:

> Ein morgenländisches Märchen lehrt:
> Einstmals sei eine Ratte, müd der irdischen Sorgen
> ... . eingekehrt
> und hab' sich vor der Welt verborgen.
> Die Einsamkeit war tief im Haus
> und breitete sich ringsum aus.

Die Ausdrücke, die eine tiefe Einsamkeit in unbegrenztem Horizont andeuten, beziehen sich aber auf einen runden, fetten Holländerkäs. Dieses zweideutige Vermengen des Mystischen mit dem Materiellen ist das Thema des Ganzen.

> Der neue Klausner lebte drinnen seinem Ruf.
> Mit Füßen und mit Zähnen schuf
> in wenigen Tagen sich in seiner Zelle er
> die Nahrung und das Obdach. Sagt, was braucht
>   man mehr? –
> Er wurde dick und feist. Gott läßt in Reichtum
>   leben,
>   die, welche sich anheim ihm geben.

Das Bild des Molièreschen Tartuffe steigt vor unseren Augen auf:

> Er fühlt sich sehr gesund,
>   ist dick und feist, die Haut ist frisch und rot
>   der Mund.

Zu unserem Einsiedler kommt hilfeflehend eine Delegation aus der schwer bedrängten Rattenstadt. Das Vaterland ist in Gefahr, ein kleiner Vorschuß wäre große Hilfe, in wenig Tagen ist die Wendung zum Guten zu erwarten. Auf die demütige Bitte der Landsgenossen erfolgt eine von frommer Salbung triefende Antwort:

> «Ihr Freunde», sprach der heilige Herr,
> «die Dinge dieser Welt, die gehn mich nichts mehr an.
> Wie könnt' ein armer Gottesmann
> euch helfen? Was könnt' andres er
> als beten, daß der Himmel gnädig euch beschütze?
> Ich hoffe sehr, daß mein Gebet euch allen nütze!»
> Als so der Heilige nach Gebühr
> gesprochen, schloß er zu die Tür.

Wie weit La Fontaine sich hinauswagt in seinen antimetaphysischen Angriffen, zeigt die Fabel *« Das Horoskop »*. Er scheint hier nur den astrologischen Aberglauben anzugreifen; aber man braucht sich nur zu fragen, warum er den Namen Jupiters braucht, um zu merken, was seine eigentliche Absicht sein könnte:

> Was ist denn Jupiter? Ein Stern von totem Glanz...
> Wie kommt's dann, daß sein Einfluß ganz
> verschieden wirkt auf diese beiden Menschen da?
> Wie kann er bis hieher zu unserer Welt gelangen?
> Wie kann durchstoßen er des Luftfelds tiefes
>   Prangen,
> den Mars, die Sonne und endloses Nichts durch-
>   dringen?
> Schon ein Atom vermag vom Weg ihn abzubringen.
> Wo wollen finden ihn, die Horoskope stellen?...
> Die riesige Distanz, der Punkt und seine Eile
> und die von unsrer Leidenschaft –
> gestatten sie's in jedem Teile

zu folgen Schritt für Schritt dem, was ein jeder
Ich glaube nicht, daß die Natur   [schafft?...
sich so die Hände band, und sie auch uns so bindet,
daß jeder in dem All sein Schicksal wiederfindet.

Der klassische Sinn, der die falsche Unendlichkeit auf den prallen Umriß eines Holländerkäses zurückführt, vertieft sich zur Vision, wie sie sich nur in einer bis zur Tiefe abgeklärten Seele spiegeln kann.

Die Fabel tritt hier an den letzten Rand des Geistigen. Auch in seinem Leben kommt La Fontaine an die Grenze des Daseins. Im Dezember 1692 erkrankt der Zweiundsiebzigjährige so schwer, daß Mme de Sablière, bei der er noch immer wohnte, in der nahen Pfarrei von St-Roch einen Priester holen läßt. Man schickt einen jungen Vikar, den frisch von der Sorbonne promovierten Abbé Pouget. Er machte einen so guten Eindruck auf den alten Dichter, daß die seelsorgerischen Gespräche während fast zweier Wochen alle Tage vor- und nachmittags sich fortsetzen und zum Ergebnis führen, daß La Fontaine das Manuskript eines Theaterstückes verbrennt, vor einer Delegation der Académie Française sein Bedauern über die Publikation seiner *Contes* ausspricht und das feierliche Versprechen abgibt, seine dichterische Gabe nur noch für erbauliche Schriften zu gebrauchen. Er erholte sich von seiner Krankheit; aber sein Wort hat er gehalten.

Das zwölfte Buch der Fabeln ist dem Duc de Bourgogne, dem Enkel Ludwigs XIV. und Zögling

Fénelons, gewidmet. Es trägt alle Merkmale eines Alterswerkes. Ein seltsames Zwielicht liegt über dem Ganzen. Der Dichter schwankt zwischen letzten Gegensätzen: Geist und Natur, Philosophie und Kunst, Kühle des Erkennens und Fülle des Lebens. Der ungleiche Wert der Fabeln spiegelt diese Unsicherheit wider.

Die erste Fabel, *« Die Gefährten des Odysseus »*, eine der vollendetsten, stellt das Problem der Natur in den Mittelpunkt. Odysseus versucht vergeblich seine Gefährten, die von der Zauberin Circe in Tiere verwandelt worden waren, zur Menschlichkeit zu bekehren. Sie ziehen die Animalität vor.

Noch einmal hören wir den Protest der Natur gegen die Anmaßung des menschlichen Geistes. La Fontaine, der dieser Kampfansage der unteren gegen die obere Welt immer deutlicher Stimme verliehen hatte, scheint auch hier dem Sklavenaufstand des Instinkts das Wort zu reden. Des Dichters Quellen sprachen eine kräftige Sprache: «Die Bachen locken die Eber an und die Ziegen die Böcke und alle übrigen weiblichen Tiere ihre männlichen Partner, und zwar jedes mit seinem ihm eigenen Geruch, denn sie riechen nach dem reinen und frischen Tau der Wiesen und der grünen Kräuter auf den Fluren; und sie tun sich zusammen, um zu zeugen, und dies mit gemeinsamer und gegenseitiger Zärtlichkeit und Wollust, ohne daß die Weibchen sich wie Zierpuppen aufführen oder ihr Verlangen mit Betrug, Zauberei oder Weigerung verhüllen oder überdecken.» (Plutarch, Moralia.)

«Meine Penelope ist hier die Sau... ich schließe daraus, es sei besser, Schwein als Held zu sein.» (Fénelon: «Gespräch mit der Toten».) So sprechen auch die Tiere bei La Fontaine:

> Wer sagt dir, diese Form sei mehr als jene schön?
> Wer hat zu solchem Urteil je dich ausersehn?
> Ich will gefallen nur der Bärin, die ich liebe,

sagt der Bär, und der Wolf:

> Du hast mich eben ein fleischfressend Tier genannt;
> Wer bist du, der da spricht? Hätt' ich es nicht getan,
> so hättet ihr verzehrt die Tiere, kurz und gut.
> Und wäre ich ein Mensch, sag an,
> liebt' weniger ich das Fleisch und Blut?
> Um nichts als um ein Wort erwürgt ihr euch oft alle.
> Ist jeder jedem nicht ein Wolf in eurem Falle?
> Dies alles wohl bedacht, behaupt' ich insgeheim,
> daß immerhin es besser ist,
> ein Wolf doch, als ein Mensch zu sein.

So wird auch als Vertreter des achtzehnten Jahrhunderts Voltaire sprechen in seinem geistsprühenden und perversen *«Der Löwe und der Marseillaner»*, und Rousseau wird in seinen *«Reden über die Ungleichheit»* die paradoxe Formel wagen: «Der Zustand der Reflexion ist ein widernatürlicher, und der Mensch, welcher überlegt, ist ein verdorbenes Tier.»

Aber nun erhebt der klassische Mensch seine

Stimme – und es tönt wie ein Warnruf an die kommende Zeit:

> In Freiheit und im Wald zu leben dem Verlangen,
> das war für sie die höchste Lust...
> Sie glaubten frei sich, wenn der Leidenschaft sie [folgten,
> und waren Sklaven unbewußt.

Wir stehen hier auf dem Boden Racines und seiner Parole: «Es handelt sich nicht drum, zu leben; man muß herrschen.»

«Régner», das war das Amt der Herren; sie haben aber ihre Sendung verleugnet, nur noch die letzten Vertreter des Geistes wissen, was Herrschaft bedeutet: den Sieg über die empordringenden Mächte des Instinktes.

Der Kampf zwischen Natur und Geist geht durch das ganze Buch weiter. Eine ergreifende Episode in diesem Hin- und Herwogen ist die liebliche Fabel *« Der Rabe, die Gazelle, die Schildkröte und die Ratte.»* Die Huldigung an Mme de Sablière, die La Fontaine seiner Fabel voranstellt, zeigt, daß er noch einmal aus der Tiefe seines Herzens das Köstlichste heraufholt, was er ihr zum Dank darbringen kann. Die Vermutung, daß er in der trauten Kameradschaft der Tiere ein Bild vom intimen Freundeskreis im Hause seiner Gönnerin geben wollte, besteht wohl zu Recht (Régnier III, 273).

«Man muß sich helfen, so gebietet's die Natur», könnte auch hier als Überschrift stehen.

Die Selbsthilfe der Kleinen, die Solidarität der Verfolgten ist das innigste Motiv, das Herz- und Kernstück des Fabelbuches. Man sollte es mit epischen Klängen wie die «Ilias» und «Odyssee» verherrlichen, meint der Dichter am Schluß dieser Fabel. Aber er tut Besseres: er taucht es ein in die Musik des Herzens. Das ist der Grundklang, der das Ganze durchdringt. Man hört ihn am reinsten in dieser seiner menschlichsten Fabel, sowie im süßtraurigen Abschied von der Liebe, nach der Fabel von den zwei Tauben. Wer diesen Klang gehört hat, der findet ihn in der unscheinbarsten Fabel wieder, es ist das Seufzen der Kreatur, das alles Moralische und Weltanschauliche der Fabel in reine Lyrik verwandelt.

> Denn wem gehört der Preis? Dem Herzen, glaubt es mir!

Das ist der Schluß der Fabel. Das wäre auch der Schluß des Fabelbuches, wenn nicht der Geist der Klassik das letzte Wort spräche.

In der großen Auseinandersetzung über den Vorrang von Geist oder Natur gibt die erstaunliche Fabel *« Der Skythe als Philosoph »* eine mittlere Lösung an. Ein Barbar sucht das milde Klima Griechenlands auf. Er findet einen Weisen, der mit göttlicher Gelassenheit die Bäume seines Gartens beschneidet. Der Skythe beklagt in Worten, die sich zum Mythus von den unsterblichen Bäumen steigern, das Verbrechen wider die Natur. Vom Griechen eines Besseren belehrt, kehrt er heim und fängt an, wahllos an seinen Bäumen herumzuschneiden.

> Zu Haus hat er die schönsten Zweige nicht verschont,
> er stutzt den Obsthain zu und schafft wie nicht gescheit,
> beachtet keine Jahreszeit
> und nicht, ob leer, ob voll der Mond;
> und alles serbelt hin und stirbt.

Der Dichter wendet sich ebenso entschieden gegen ein wildes Wuchernlassen der natürlichen Triebe wie gegen ihre Vergewaltigung:

> Der möchte aus der Seele schneiden
> Begier und Leidenschaft, das Gut und Böse ganz,
> bis zu des reinsten Wunsches Glanz.
> Doch solchen Leuten muß ich heftig widerstreiten.
> Dem Herzen rauben sie den Schwung, der nötig ist.
> Dein Leben morden sie, eh du gestorben bist.

Das war noch ein letzter Vermittlungsversuch. Zu einer einschneidend konsequenten Haltung kommt er aber erst in seinem Schwanengesang: «*Der Schiedsrichter, der Gastgeber und der Einsiedler.*»

Wir treten hier in den Bannkreis Port-Royals. Schon die Wahl der Quelle «*Das Leben der Wüstenheiligen*» von Arnauld d'Andilly weist auf die jansenistische Inspiration hin. Und von Anfang an ist das auf das Heil der Seele gerichtete Streben betont:

Drei Heilige, denen frommes Trachten sehr gefiel,
vom selben Geist beseelt, erstrebten gleiches Ziel.

Die zwei ersten versuchen es mit dem tätigen Leben, sie folgen ihrem guten Herzen, der eine will den Menschen als Rechtsberater helfen, der andere als Krankenpfleger – doch beide ernten nur Mißgunst, Ärger und Enttäuschungen. So machen sie sich auf, um beim dritten Rat zu holen. Der Ort, wo er sich aufhält, zeigt an, in welche fröstelnde Einsamkeit des Geistes er sich zurückgezogen hat:

Dort unter rauhem Fels, bei einem reinen Quell,
wo nie ein Wind hinkam, und nie die Sonne schien,
entdecken sie und bitten froh um Ratschlag ihn.

Und was ist dieser Rat? – Sich selber kennenlernen ist die erste Pflicht.

Durch ein Bild soll diese Lehre unvergeßlich dem Geiste eingeprägt werden:

«Trübt nur die Flut! Seht ihr euch drin?
Bewegt sie.» – «Wie geläng's, daß dann ein Bild
                                    erschien'?»
«Ihr Brüder», sprach der Heil'ge, «laßt sie ruhig
   dann seht ihr euer Abbild gleich.   [werden,
Wollt ihr erkennen euch, bleibt in der Einsamkeit.»
Dies war des Heiligen Bescheid.

In dem Bild vom spiegelnden Wasser nimmt La Fontaine eine der ersten Fabeln wieder auf: *«Der*

Mensch und sein Abbild» – aber dort war es Kanalwasser, ein Gleichnis für die Maximen von La Rochefoucauld – Klassik in Reinkultur! In der Vorlage der letzten Fabel nimmt der Heilige ein Glas und schüttet Wasser hinein. Der Dichter aber führt die Männer vor eine klare Quelle – une source pure. Natur und Geist kommen hier zusammen – in der Natur sieht der Mensch sein Spiegelbild – welch wunderbare Rechtfertigung des ganzen Fabelwerkes! Aber zugleich ist die reine Quelle das Symbol einer bis auf den Grund ungetrübten Seele. Im ewigklassischen Gleichnis von der ruhigen Wasserfläche, die das menschliche Bild in reinen Umrissen widerspiegelt, klingt endgültig das Flüssige mit dem Festen zusammen.

Aber in welcher Abgeschiedenheit! Der wahre Einsiedler, der beschauliche Mensch steht vor uns. Der Kontakt mit der Gesellschaft ist abgebrochen – man denkt an den Schluß des «Misanthrope»:

> Verraten und von Ungerechtigkeit verwirrt,
> entfliehe ich dem Schlund, wo's Laster triumphiert,
> und suche auf der Welt mir eine stille Stätte,
> wo man ein Ehrenmann zu sein die Freiheit hätte.

«Die Herbheit des unbedingten ‹Erkenne dich selbst› verdrängt nun zum ersten Mal von Grund auf den genießerischen, beinahe erotischen Schmelz, der sonst alle Erlebnisse La Fontaines umschimmerte. Der *Mensch* La Fontaine gewinnt durch diese

Umwandlung, er erhält den festen Maßstab, sich zu befreien von den Unwürdigkeiten seines Alters. Aber diese Befreiung wird erkauft um den Preis der genießerischen Weltlust, die der Lebensatem des *Künstlers* La Fontaine war. Mit ihr wird auch der Dichter verschwinden. Noch einmal sammelt er in dieser Fabel alle Kräfte, noch einmal schafft er ein wahres, großes Kunstwerk, wo die Macht des schicksalhaften Anklanges uns das Fehlen des sinnlichen Zaubers fast vergessen läßt. Aber dann schweigt er. Und eines Tages finden ihn seine Freunde tot – gehüllt in ein härenes Kleid.» (Elisabeth Brock.)

La Fontaine ist nicht der einzige, der auf diese Weise fortgeht. Es ist seltsam, wie einer nach dem andern, die großen Dichter dieser Zeit, an diesen letzten Rand treten. Wir hörten Molières bittere Absage an die Gesellschaft. Racine verläßt das weltliche Theater nach dem unerhörten Höhepunkt der «*Phèdre*». Pascal schreibt in asketischer Zurückgezogenheit seine Gedanken zu einer unvollendbaren Apologie des Christentums.

Das Leben aber geht weiter. Die Stimme der unteren Stände, die durch die Tiermasken La Fontaines ertönte, wird immer lauter. Das Ancien Régime zerbröckelt. Die Revolution steht vor der Tür.

Doch die Fabel löst sich vom aktuellen Geschehen. Der letzte Strahl der untergehenden Sonne hat sich verklärt. Gespeist vom emporsteigenden Leben, geformt vom Geist aus der Höhe, steht sie da in bleibendem Glanze, ein ewiges Denkmal reiner Menschlichkeit und klassischen Schöpfertums.

INHALTSVERZEICHNIS

Die von Hannelise Hinderberger übertragenen Fabeln sind mit * bezeichnet, die von N. O. Scarpi übertragenen mit **.

Der Reiher**	7
Die Ohren des Hasen*	9
Der Hirte und seine Herde*	11
Die Katze und die Ratte*	13
Die Geier und die Tauben*	16
Das Huhn mit den goldenen Eiern**	18
Der Schwan und der Koch**	19
Der Hahn und die Perle*	21
Der Wolf und der Hund*	22
Der Hase und die Schildkröte*	25
Als die Färse, die Ziege und das Schaf sich dem Löwen gesellten*	27
Die Auster und die Streitenden**	29
Die Katze und eine alte Ratte*	31
Der Hahn und der Fuchs*	34
Der Hase und die Frösche*	36

Der Fuchs und der Ziegenbock*	38
Das Pferd und der Wolf*.	40
Der Hund, der um des Spiegelbildes willen seine Beute fallen läßt*	42
Der Esel, beladen mit Schwämmen, und der Esel, beladen mit Salz**	43
Der Landmann und die Schlange*.	45
Der Greis und der Esel**	47
Die beiden Hähne**.	49
Der Landmann und seine Söhne*	51
Der Adler und der Käfer*	53
Der vielköpfige und der vielschwänzige Drache*	56
Die Fledermaus und die beiden Wiesel*	58
Der Adler und die Eule*.	60
Der Hirsch, der sich im Wasser spiegelte*	63
Der Narr und der Weise**	65
Der Tod und der Holzsammler*	67
Die Sonne und die Frösche*	69
Der von einem Pfeil verwundete Vogel*	71
Die Schildkröte und die beiden Enten*.	72
Der Bettelsack*.	74
Der Fuchs, der Wolf und das Pferd*	76
Der Hirte und der Löwe*	78
Der Fuchs, die Fliegen und der Igel*	81
Die Taube und die Ameise*	83
Der Knabe und der Schulmeister*.	85
Das Kamel und das Treibholz**.	87
Der vom Menschen erlegte Löwe*	89
Die Eichel und der Kürbis**	90
Die beiden Freunde**	92
Die Katze, das Wiesel und der kleine Hase*.	94
Die Ratte, die sich von der Welt zurückzog*	97

Die beiden Stiere und der Frosch*	99
Der Weih und die Nachtigall**	101
Die Diebe und der Esel*	103
Der festgefahrene Kärrner**	104
Der Geizige, der seinen Schatz verlor*	106
Der Bär und die beiden Kumpane**	108
Der Esel und seine Herren*	111
Die Hündin und ihre Gefährtin**	113
Der Ratten Ratsversammlung*	115
Das Leichenbegängnis der Löwin*	117
Der Wolf, der zum Schäfer wurde*	120
Der junge Hahn, die Katze und das Mäuschen*	122
Die Wölfe und die Schafe*	124
Der Adler, die Wildsau und die Katze*	126
Der Fuchs, der Affe und die Tiere*	129
Der Rabe, der den Adler nachahmen wollte*	131
Die Grille und die Ameise**	133
Der Bauer, der Hund und der Fuchs*	135
Der Hof des Löwen*	138
Der Esel und der Hund*	140
Das Schwein, die Ziege und das Schaf*	142
Die Frösche, die einen König haben wollten**	144
Der Falke und der Kapaun*	146
Der Fuchs und die Trauben**	148
Der Wolf und das Lamm**	149
Der Pfau beklagt sich bei Juno**	151
Der Rabe und der Fuchs**	153
Die Löwin und der Bär*	155
Die Maus und der Elefant**	157
Der Esel im Löwenfell**	159
Die beiden Ziegen*	160
Die Kutsche und die Fliege**	162

Das Maultier, das sich seiner Herkunft rühmte*	164
Der Mensch und das hölzerne Götzenbild*	165
Das Rebhuhn und die Hähne*	167
Der Löwe und der Esel bei der Jagd*	169
Der Vogelfänger, der Habicht und die Lerche*	171
Der Wolf und der Storch**	173
Der alt gewordene Löwe**	175
Der Löwe und die Mücke*	176
Der Narr, der die Weisheit feilhält*	179
Die beiden Esel*	181
Der Wolf, der vor dem Affen gegen den Fuchs plädierte*	183
Der Tod und der Unglückselige*	185
Das Pferd und der Esel**	187
Der Tontopf und der Eisentopf*	189
Der Löwe und der Jäger*	191
Der Frosch, der so groß sein will wie der Ochse**	193
Die Ratte und die Auster*	194
Die Stadtmaus und die Feldmaus*	197
Der Löwe und die Ratte*	199
Der Fuchs und der Storch*	201
Der Hirsch und die Reben**	203
Der kranke Löwe und der Fuchs*	205
Der Rabe, geschmückt mit den Federn des Pfaus**	207
Der Bauer von der Donau**	208
Perrette und der Milchtopf**	213
Der Frosch und die Maus**	216
Die Eiche und das Schilfrohr**	219
Nachwort: Der Aufstand der Fabel	223